지금 나는
화창한 중년입니다

지금 나는
화창한 중년입니다

사카이 준코 지음 | 이민영 옮김

살림

• 차 례 •

돌이켜 생각하면 지금껏 제 삶은 첫 경험의 터널을 빠져나오는 과정이 아니었을까요? 어린 시절에는 첫 옹알이, 첫 걸음마 등 모든 걸 부모님께 일일이 배웠겠지요. 그때는 뭘 하건 전부 첫 경험이었습니다.

조금씩 성장하자 '첫' 경험을 부모님 몰래 하게 됩니다. 처음으로 저지른 나쁜 짓, 그리고 이성과의 이런저런 일들. 첫 경험의 맛을 혼자 남몰래 음미하거나 친구에게 털어놓으며 '꺄아꺄아' 호들갑 떨기도 했지요.

사회인으로 첫발을 떼기까지 삶은 화창하고 다양한 첫 경험의 연속입니다. 첫 경험을 하나씩 쌓아가면서 사람은 점점 어른이 되어가는 것이겠지요.

어른이 되면 첫 경험의 기회는 확 줄어듭니다. 결혼이나 출산을 빼놓으면 일에 익숙해지면서 새로운 만남도 사라지고, 어쩐지 무미건조하고, 무기력한 일상에 젖어들지요. '어른이 돼 완전히 새로운 경험을 하기란 그리 쉬운 일이 아니다'라고 생각했습니다.

그런데 사십 대에 들어서자 다시 첫 경험의 기회가 늘어나는 듯한 기분이 들어요. 삼십 대에도 조금씩 느끼고 있던 노화가 사십 대가 되자 더욱 두드러지게 됩니다. 몸 여기저기에서 이제껏 느껴보지 못했던 변화를 발견하고 충격을 받기보단 놀랍니다. '헤, 이런 느낌이구나!'

그리고 역할에서도 변화가 나타납니다. 어느새 '최고 연장자'라는 딱지가 붙으면서 연장자로 중책을 맡거나 사람들을 인솔하는 입장이 되기도 합니다.

저 같은 경우, 한 친구가 병으로 타계했을 때 '어른으로서의 첫 경험'을 강하게 실감했습니다. 유족에게 장례식 때 낭독할 조의문을 부탁받았지요.

'조의문이라니……' 순간 머릿속은 새하얘졌습니다. 타인이 장례식에서 조의문을 낭독하는 모습을 본 적은 있지만, 제겐 그런 경험이 전혀 없었어요. 생전 처음 장례식에서 조의문 낭독이라는 경험을 하게 된 것이지요.

갑작스러운 첫 경험일 뿐만 아니라 상당한 중책이죠. 친구를 잃은 슬픔과 조의문 낭독이라는 부담감을 동시에 느끼며 완전히 공황 상태에 빠지고 말았습니다. 머릿속으로 조의문 내용을 생각해두긴 했지만, '그러고 보니 조의문은 고급스러운 종이에 써서 읽는 것 같은데…….' '대체 조의문은 어떻게 써야 할까? 그리고 어떻게 읽으면 좋을까?' 온갖 고민이 떠올랐습니다. 장례식 전날 밤이 돼서야 조의문에 관한 이런저런 것들을 인터넷으로 조사했고, 그래서 알게 된 내용에 따르면 조의문은 봉서 닥나무로 만든 고급 종이라는 것에, 가능하면 붓글씨로 써야 한다는 것이었지요. '붓글씨라니 불가능하다고!' 새하얘졌던 머릿속은 깜깜해지고 말았습니다. 그래도 어떻게든 해봐야겠다고 뒤죽박죽된 생각을 정리하며 날밤을 새고 조의문을 썼습니다.

마침내 장례식 당일 조의문을 낭독할 순서가 되자 제단 앞에 서서 손에 쥐고 있던 종이를 펼쳤습니다. 그리고 읽기 시작한 바로 그 순간 머릿속에서는 긴장과 슬픔이 폭발해 저도 모르게 울음을 터트리고 말았지요.

터져 나오는 오열을 막지 못한 채 장례식장의 고요한 분위기 속에서 어떻게든 울음을 멈춰보려고 애썼습니다. 간신히 눈물과 콧물을 멈추고, 조의문 낭독을 마치고 자리로 왔을 땐 이미 온몸의 힘이 다 빠져나간 것 같았지요.

장례식에서 돌아오는 길에 오랜만에 첫 경험 후의 허탈감을 맛보았습니다. 젊은 시절 극도의 긴장감을 동반하는 첫 경험을 마친 후에는 항상 성취감과 극도의 피로감이 뒤섞여 축 늘어지곤 했는데 사십 대가 되어 오랜만에 그런 감각을 맛본 겁니다. 멍하니 '앞으로는 분명 이런 첫 경험이 늘어나겠구나. 만약 다음에 또 조의문을 낭독하게 된다면 그때는 정성스럽게 붓글씨로 쓴 조의문을 울지 말고 잘 읽어내야지' 하고 생각했습니다.

젊은 시절에는 처음으로 친구의 결혼식 피로연에서 축사나 축가를 부탁받고 긴장하면서 마이크 앞에 섰던 기억이 있습니다. 그러나 지금은 친구 장례식에서 조의문을 낭독하기 위해 마이크 앞에 섭니다. 처음 결혼식 피로연에서 축사한 이후 꽤 긴 시간이 흘렀습니다만, 앞으로는 인생의 후반이기에 조의문 낭독 같은, 그런 첫 경험이 기다리고 있겠지요.

이 책은 '인생 후반에 겪게 되는 첫 경험'으로 가득한 날들을 기록한 일기입니다. 그러고 보면 첫 경험은 의외로 많이 등장합니다. 어린 시절, 중년이라는 나이대 사람들은 어떤 일이 생기건 놀라지 않고, 모든 일에 익숙한 사람들이라고 생각했습니다. 그런데 막상 중년이 되어보니 처음으로 접하는 사물에 일일이 감탄하고, 당황해하고, 또한 기뻐하거나 슬퍼하기도 합니다. 중년은 중년이라는 상태에 아직 익숙하지 않은 존재이고, 가까스로 중년에 익숙해졌을 즈음에는 다시 노년의 세상을 향해 나아가지 않을까요?

인생 후반의 첫 경험은 물론 노화나 죽음과 밀접한 관계가 있습니다. 성장을 동반하는 첫 경험이 아니라 퇴화와 함께 찾아오는 첫 경험이기도 합니다. 그런 첫 경험을 하나씩 겪어나가면서 사람은 죽음을 맞을 준비를 하는 것이겠지요.

어떨 땐 '이것이 내가 처음 겪은 경험인지 아닌지' 확실히 구분하지 못할 때도 있습니다. '이곳에 처음 와봤다'고 생각하면서 여행을 하다가 문득 어떤 건물을 본 순간 '어라, 예전에 와봤던 곳이네!'라고 기억을 떠올리기도 하지요. 데자뷰가 아니라 그저 '예전에 왔었던 사실을 잊어버린 것'입니다.

최근 저는 '처음 뵙겠습니다'라는 인사를 스스로 삼가고 있습니다. '처음 뵙겠습니다'라고 어설프게 인사를 건넨 후 '저, 전에도 뵌 적이 있는데요'라는 말을 여러 번 들었기 때문입니다.

그러나 이전에 했던 일, 했던 말을 잊고 '두 번째 첫 경험'을 맛볼 수 있는 것도 어른만의 특권이 아닐까요? 젊었을 때처럼 열심히 첫 경험을 추구하지 않고, 지금은 예기치 않게 찾아온 첫 경험과의 만남이나 첫 경험과의 재회를 즐길 수 있게 되었습니다.

첫 경험이란 손에 넣는 순간 '펑' 하고 사라져버리는, 거품과도 같습니다. 아무리 아름답더라도 그 거품을 계속 갖고 있을 수는 없지요. 진정한 '첫 경험'은 단 한 번뿐이니까요.

반복되는 인간의 삶과 죽음을 보고 있자면 인생 또한 마치 거품 같다는 생각이 듭니다. 그렇듯 뭉게뭉게 피어오르는 일상의 기록을 남기고 싶어 하는 마음 또한 거품 같은 것.

저의 첫 경험투성이인 화창한 일상과 함께해주시기를.

거들

거들을 선물 받았다.

학창시절 같은 동아리를 했던 선후배 다섯 명과 정기적으로 모이는데, 각자 생일날 선물을 주거니 받거니 하다가 이젠 만날 때마다 선물을 교환하는 모임이 됐다. 그러다 이번에 세련된 이탈리아 레스토랑에서 한 살 위인 남자 선배가 여자 후배인 나와 다른 한 친구에게 거들을 선물한 것이다. 이 거들을 매일 정해진 시간 이상 입고 있으면 저절로 몸에 탄력이 생기면서 스타일이 좋아지는 효과가 있다고 한다.

그렇게 태어나서 처음으로 거들을 갖게 됐다. 속옷 매장에 진열된 거들을 볼 때마다 나보다 나이 많은 사람을 위한 것이라며

무시하곤 했는데, 솔직히 최근에 처진 내 엉덩이를 의식하지 않을 수 없게 됐다. 걷다 보면 바지 아래쪽으로 튀어나온 엉덩이 살이 상당히 거슬린다. '이런 엉덩이에는 역시 거들이 필요하지 않을까?' 하고 생각하던 차에 선물 받은 거들. 과연 오래 알고 지낸 사람은 주는 선물도 남다르다. 설마 남자 선배한테 '생애 첫 거들'을 받을 줄이야.

"어머나, 마침 거들이 필요하던 참이었어요!"

호들갑을 떨며 크게 기뻐한다. 조금 더 일찍 이런 반응을 보일 줄 아는 사람이었다면 나도 지금과는 다른 삶을 살고 있지 않았을까 생각해본다.

비록 전에 와본 곳이라도 "정말 최고예요, 이렇게 멋진 레스토랑은 생전 처음이에요!"라고 말하며, 내 취향과 전혀 맞지 않더라도 "예뻐라! 이런 스타일의 목걸이가 꼭 갖고 싶었답니다!"라고 말할 수 있었더라면⋯⋯. 이런 후회를 하면서 거들 받은 기쁨을 마음껏 표현해본다.

xx월 xx일

어제 선물 받은 거들을 곧바로 입어보기로 했다. 팬티와 거들, 그리고 스타킹. 어떤 순서로 입어야 할지 잠깐 헷갈렸다. 역시 팬티, 거들, 스타킹 순서가 맞을 것 같아서 입어보니⋯⋯ 괴, 괴, 괴롭다. 확실히 처진 엉덩이 살 걱정도 사라지고, 배도 쑥 들어갔지만 너무 꽉 조여서 괴롭다. 이 괴로움을 견뎌야 할 가치가 있는 것인지 불안해하며 겉옷을 입고 외출했다.

그런데 차츰 압박감에 익숙해져 나중에는 거의 신경 쓰지 않게 되었다. 옛날에도 이런 느낌을 경험해본 적이 있는데……. 아, 그렇지, 삼십 년 전 '처음으로 브래지어를 착용했을 때'야.

중학교 1학년 때 반 친구들 대부분이 브래지어를 하고 있었다. 당시 2차 성징이 늦어 가슴이 밋밋했던 나는 무척 속이 상했다. 그러다가 결국 때 이른 브래지어를 사서 처음 착용했을 때 느껴본 위화감과 압박감! '이런 걸 매일 착용하다니 어른들은 정말 대단하다!' 감탄했던 기억이 난다.

시간이 흘러 그 압박감에도 점차 익숙해져서 이후로는 브래지어를 하지 않으면 오히려 허전할 정도였다. 매일 아침, 마치 전장에 나가는 장수가 투구 끈을 단단히 매는 것처럼 브래지어를 착용하면서 또다시 시작되는 하루를 새로운 마음으로 맞이했다.

사람은 압박감을 느낄 때 더욱 열심히 사는 건지도 모른다. 남자들의 넥타이건, 여자들의 브래지어건 몸가짐을 가지런히 하면 마음가짐도 점차 어른이 되어가는 것 같다.

거들이 주는 압박감은 어쩌면 어른의 세계를 이미 한 바퀴 돌았다는 증거가 아닐까. 가슴을 동여매는 속옷을 처음 착용한 지 삼십 년이 흘러 이제는 설마 처질 것이라고 생각지도 못한 엉덩이를 올려주는 속옷을 갖게 되다니.

'최초의 거들'로 기분이 한껏 고조된 나는 여성을 만날 때마다 "나는 지금 거들을 입고 있어요" 하고 고백했다. 그리고 거들을 갖고 있는 사람이 의외로 많다는 사실을 알게 되었다. 그중에는 "나는 이십 대 때부터 거들을 입었어요. 그러면 스타일이 살아나니까요" 하고 말하는 사람도 있었다.

"그래요? 하지만 남자 친구와 데이트하다가 분위기가 무르익으면 어떻게 해요?"

"그럴 가능성이 있을 때는 거들을 입지 않아요."

그도 그럴 것 같다.

최초의 브래지어처럼 부모님이 사준 것도 아니고, 누군가 가르쳐준 것도 아닌데 처음 거들을 입어야 할 시기를 다들 어떻게 알게 되었을까? 이상하기도 해라. 자신도 모르는 사이에 모두가 갖게 되는 물건이라니, 재미있는 일이다.

밤에는 중국 요릿집에서 모임이 있었다. 회전하는 테이블 위에 다양하고 맛있는 요리가 즐비하게 놓여졌다.

전채 요리 후에 나온 상어지느러미 요리를 먹고 나니 한계가 왔다. 거들이 뱃살, 그리고 위 부근을 참기 힘들 정도로 압박해서 기분이 나빠지기 시작했다.

식사를 계속할 수 없다고 판단한 나는 양해를 구하고 화장실로 향했다. 화장실에서 빠르게 옷과 스타킹과 거들을 벗어 아직 온기가 남아 따뜻한 살색 거들을 가방 깊숙이 집어넣었다. 그리고 다시 스타킹과 옷을 입고 나니 기분이 얼마나 날아갈 것 같던지! 온종일 스키를 타고 난 후 스키를 벗었을 때의 기분과 같았다. 나를 압박하는 게 아무것도 없다니 이렇게 기쁠 수가!

아무 일도 없었던 듯 자리로 돌아가 왕성한 식욕으로 음식을 먹었다. 마지막에 나온 볶음밥, 그리고 디저트까지 싹싹 비웠음은 말할 필요도 없다.

xx월 xx일

처음으로 제빵기를 사용해봤다.

사실 갓 구입한 제빵기는 아니다. 요즘에는 쌀로 빵을 굽는 기계가 유행하고 있지만 그런 최신식 제빵기도 아니다. 이 제빵기는 선물 받은 것으로, 오 년 전부터 우리 집 부엌 한편에 놓여 있었다. 마치 고이 모셔다 놓은 불상처럼 꼼짝하지 않고, 개봉도 되지 않은 상태로 자리하고 있었다.

예전부터 갖고 있었는데 이제껏 왜 사용하지 않았냐고 묻는다면 '그냥'이라고 답할 수밖에 없다. 내겐 여러 가지 물건을 그대로 방치하는 버릇이 있다. 회사원 시절에는 청구서를 처리하지 않고 방치해서 상사의 도움을 받아 무마한 적이 한두 번이 아니었다.

제빵기도 그와 비슷한 경우다. 빵을 좋아하고, '맛있는 갓 구운 빵'을 꿈꿔왔지만 기계를 보면 '귀찮다'는 기분이 앞서고 만다. 빵집에서 빵을 사서 먹다 보니 어느덧 시간이 흘러버린 것이다.

그러다가 마침내 오늘이 왔다. 부엌을 청소하다가 빵 믹스 가루가 있는 것을 발견했다. 제빵기와 함께 받았었다는 사실을 떠올리고 더 이상 미루지 말고 사용하기로 결심했다. '오늘 점심은 갓 구운 빵을 먹자!' 시간은 열두 시. 한 시경에는 갓 구운 빵을 먹을 수 있으려나…….

달콤한 꿈을 꾸면서 유유자적하며 설명서를 꺼내본다. 가장 간단한 식빵이 완성되기까지 걸리는 시간은 세 시간 반. 세상에 뭐 이렇게 오래 걸리지? 아차, 빵을 만들 때는 발효라는 작업이 필요했다. 전기밥솥처럼 쌀과 물을 넣고 스위치를 켜면 삼십 분 후에 따끈따끈한 밥이 완성되는 것과는 다를 수밖에.

설명서를 보면서 물과 빵 믹스 가루, 드라이이스트를 넣는다. 뚜껑을 덮은 후, 스위치를 켰다. 작업은 간단하다. 그러나 완성은 세 시간 반 후. 벌써 배가 고픈데, 참고 기다릴 수 있으려나……?

난생처음 만두피부터 반죽해서 만두를 빚었을 때의 기억을 떠올렸다. 만두를 엄청 좋아해서 '만두피부터 반죽해서 만두를 빚으면 얼마나 맛있을까' 생각하며 요리 연구가인 우웬 씨의 만두 요리책을 보면서 직접 만두 빚기에 도전했었다. 저녁 여덟 시 정도에 먹을 수 있으면 좋겠다고 생각하면서.

그러나 무척 간단해 보였던 만두 빚기는 어려웠다. 밀가루를 반죽해서 재워둬야 했고, 만두피를 일일이 밀대로 밀어서 만들어야 했다. 강력분을 사용했기 때문에 반죽은 여기저기 들러붙었다.

익숙하지 않은 작업에 악전고투한 결과, 만두가 완성된 것은 밤 열한 시 반. 그 이후로 만두 빚기에 도전해본 적이 없다.

처음 시도해보는 제빵기. 세 시간 반을 기다려야 한다. 빵 만들기 전에 먼저 설명서를 읽어봤어야 했는데, 이제 와서 후회해도 소용없다. 빵과 함께 먹으려고 달걀과 닭고기 샐러드를 만들었지만, 다 만들고도 아직 세 시간이나 남았다. 배가 너무 고프다.

제빵기 뚜껑은 속을 들여다볼 수 있게 투명하게 되어 있는데 살짝 보니 빵이 되려면 아직 멀었다. 골고루 반죽하는 모습에 감탄하며 한동안 기계 속을 들여다봤다. 그것도 싫증이 나서 과자라도 먹어야겠다며 자리를 떴다.

겨울이라 해가 빨리 진다. 해가 떨어지고 저녁 어스름이 되었을 즈음에야 마침내 빵 완성! 확실히 따끈따끈한 빵은 맛있다. 오래된 제빵기였지만 꽤 맛있는 빵이 완성되었다. 배가 매우 고팠기 때문에 삼십 분 만에 전부 다 먹어치웠다. 만족한 배를 문지르면서 '처음으로 뭔가를 할 때는 사전 준비를 철저히 하자'라는 교훈을 가슴에 새긴다. 하지만 이런 교훈은 철이 든 이후로 계속 알고 있었다는 사실을 새삼 깨닫는다.

인플루엔자

xx월 xx일

홍콩 여행의 마지막 날. 친구는 이른 아침 비행기로 먼저 귀국했기 때문에 혼자 호텔을 체크아웃하고 공항으로 향했다. 아침부터 목이 조금 아팠는데 방이 건조했던 탓이리라. 공항에 도착했는데 추웠다. 더운 나라에서는 겨울에도 냉방을 켠다던데 이 또한 서비스의 일환일까?

너무 추워서 가게에 들어가 따뜻한 면 한 그릇을 후루룩 먹고 남아 있는 홍콩 달러로 초콜릿 등을 사서 기내에 올랐다.

도쿄에 도착하니 역시 춥다! 몸을 데우기 위해 저녁에는 뜨끈한 국물 요리를 먹어야겠다. 삼 일 내내 중화요리로만 채워넣은 위장을 부드럽게 감싸주는 고향의 맛이여…….

xx월 xx일

아침부터 몸이 늘어진다. 열도 나는 것 같다. 분명 감기다.

하지만 글쎄, 이 정도는 조용히 쉬면 저절로 낫겠지. 온몸에 핫 팩을 덕지덕지 붙이고, 두툼한 울 바지와 타이츠, 내복을 입고, 마 감이 오늘인 글을 써내려간다.

……하지만, 온몸이 나른한 것이 원고가 써지지 않는다. 머릿속 이 점점 몽롱해져서 아무 생각도 할 수 없다. 열을 재어보니 38도. 열이 잘 오르지 않는 나로서는 꽤 고열이다. 쉬면 금방 나을 감기 가 아닌 것 같아 주치의에게 물어봤다.

전화로 열이 있다고 말하니 자택으로 오라는 말을 들었다. 그 래서 병원 대합실이 아닌 선생님 자택 2층으로 갔다. 다른 환자와 의 접촉을 피하기 위한 것이리라. 가스난로로 따뜻한 선생님 댁의 2층은 예스러운 분위기의 거실이었다. 레이스가 달린 테이블보, 금색 테두리를 두른 서양화를 몽롱해진 머리로 바라보고 있자니 마치 다른 세계로 시간 여행한 듯한 기분이 든다.

진찰을 마치고 거실에서 기다렸다. 한참 후에 선생님이 2층으 로 올라와 문을 열자마자 평소 진찰 때와는 조금 다른 상기된 목 소리로 "양성입니다"라고 한다.

순간 "양성이라니요? 뭐가요?" 하고 멍하니 반문하다가 금방 인플루엔자 양성이라는 말임을 이해했다. 뭐라고 답해야 할지 몰 라 힘없는 목소리로 내뱉는다.

"이런." 태어나서 처음 걸린 인플루엔자.

어렸을 때 수두나 풍진에 걸린 적은 있지만, 철든 이후로 '양성'이라는 말은 처음 듣는다. '걸려버렸다'는 창피함과 함께 가벼운 고양감에 휩싸인다.

타미플루가 아닌 흡입식 독감 치료제인 리렌자라는 약을 선택했다. 간호사에게 흡입 방법을 배우고 병원을 나섰다.

열이 내린 후에도 사흘 동안은 바이러스가 남아 있기 때문에 타인과의 접촉을 피하는 편이 좋다고 한다. 병원을 나와 이제부터 시작될 칩거 기간 동안 먹을 식품을 사들였다. 계산대 직원과 돈을 주고받으면서도 마음속으로는 중얼거린다.

'미안해요. 나, 인플루엔자 양성이랍니다······'

몰래 권총을 갖고 있으면 이런 기분이려나.

결국 홍콩에서 인플루엔자에 감염되어 일본으로 돌아온 것이다. 전날 밤 침사추이(尖沙咀)를 어슬렁거리다 바이러스를 들이마신 걸까? 공항에서 추위를 탔던 것은 아마도 냉방 탓이 아니라 오한 때문이었으리라.

신형 인플루엔자가 유행하기 시작한 때였다면 공항에서 집까지 돌아온 경로가 뉴스에 보도되는 등 나는 죄인 취급을 당했을지도 모른다. 유행도 최첨단을 달리지 않는 한 주목받지 못하는 거로구나······.

이런 생각을 할 때가 아니지. 비틀비틀 집에 도착해 사온 푸딩을 먹고, 약을 흡입했다. 침대에 쓰러지기 전에 여러 곳에 연락을 넣었다. 앞으로 며칠간 잡혀 있던 약속을 취소해야 한다.

전화를 걸어 "죄송해요, 인플루엔자에 걸려버려서⋯⋯"라고 말하면 "네엣!" 하고 모두 깜짝 놀란다. 인플루엔자라는 것은 걸릴 듯 안 걸리는 병. 그리 중병은 아니지만 보통 감기와는 다른 느낌으로 모두 걱정해준다. 그것이 살짝 기쁘다. 텔레비전을 켜니 다키가와 크리스텔 일본에서 인기 있는 여자 아나운서도 인플루엔자에 걸려 프로그램을 쉰다고 한다. 이 소식도 살짝 기쁘다.

할 일을 전부 마치고 침대로 간다. 역시 오늘은 이만 쉬어야지.

××월 ××일

그다음 날. 열을 재니 어제보다 1도 정도 내렸다. 인플루엔자 약은 발병부터 사십팔 시간 이내에 복용하지 않으면 효과가 없다고 하는데 다행히 늦지 않았나보다.

하지만 아직 몸은 늘어진다. 굉장히 늘어진다. 약을 흡입한 후 곧바로 침대로 돌아갔다. 감기에 걸렸을 때 '아무 생각도 하지 않고 누워 있어도 된다'라는 이 상태가 나쁘지 않다. 원고를 쓰지 않아도, 유익한 책을 읽지 않아도 죄책감을 느낄 필요가 없다.

'할 일은 그저 한 가지. 감기 낫는 일뿐.' 단순한 생활이 가져다주는 행복감을 느끼면서 쿨쿨 잠에 빠져든다.

xx월 xx일

또 그다음 날. 열이 더 내린 덕분인지 남은 사나흘 동안 집 안에서 희희낙락할 수 있어서 새삼 기쁘다. 지루함도 전혀 느끼지 않고 정정당당하게 예능 프로그램을 보거나, 이전부터 읽고 싶었던 『원피스』를 1권부터 읽거나, 온갖 종류의 야채를 썰어 넣고 된장국을 끓이기도 한다. 앞으로 일주일 더 집 안에만 있으라고 해도 먹을 거만 있으면 아무 문제없다. 나홀로족 생활도 어쩌면 나한테 어울릴지도.

xx월 xx일

닷새 동안 집에서 한 발자국도 나가지 않았다. 이렇게 저렇게 지내면서 인플루엔자는 다 나아 일상생활에 복귀했다.

오늘은 처음 만나는 만화가와의 대담이 예정되어 있다. 그녀는 현재 스물두 살이다.

"대담이라니 태어나서 처음이에요!" 하고 말하는 두 뺨은 복숭아 빛으로 발그레 물들어 반짝거린다.

어른이 되니 이렇게 젊은이의 '첫 경험'을 목격하는 기회가 많아진다. 살짝 긴장을 동반하는 파과(破瓜) 현장이라고나 할까.

태어나서 처음 해보는 대담이라니 얼마나 긴장이 될까 싶다. 나의 첫 대담은 언제였을까? 전혀 기억이 나지 않는다.

말이 서툰 까닭에 글쓰기의 길을 선택한 나는 지금도 대담을 잘 못한다. 입이 무거워서 상대방에게 부담만 지운 채 '아아' '네' '과연' 정도만 겨우 입 밖으로 내는 일이 많다. 하지만 대담이 처음이라는 사람을 상대로 그럴 수는 없는 노릇. 어른인 만큼 상대방이 무서워하지 않도록, 말하기 쉽도록 해줘야지.

다행히 그녀는 낯을 가리지 않고 활달히 이야기하는 사람이었다. 모르는 것은 모른다고 단언할 수 있는 모습이 얼마나 신선하던지. 그녀를 보고 있으면 '모른다'는 것이 얼마나 귀중한 건지 알 수 있다.

안다는 것은 새하얀 도화지에 크레용으로 그림을 그려가는 것. 아름다운 그림을 그릴 수 있다면 좋겠지만, 신경 쓰지 않아도 예쁜 선, 칠하지 않아도 예쁜 색은 얼마든지 있다. 무엇보다 그림을 그려버리면 그걸로 끝, 두 번 다시 처음의 새하얀 도화지로 돌아가지 못하니까.

얼마 전 나고야로 출장을 같이 간 스물세 살의 여성 편집자가 '한 번도 빠칭코를 해본 적이 없다'고 하기에 '나고야 하면 역시 빠칭코잖아'라고 하며 함께 빠칭코 가게로 갔다. 나도 잘 아는 건 아니지만 예전에 여행하면서 가끔 빠칭코를 했던 경험이 있었기 때문에 그녀보다는 선배였다. 그녀에게 어떻게 하는지 가르쳐주면서 함께 시간을 보냈다.

우리 둘 모두 순식간에 3,000엔어치 구슬을 쏟아부었지만 그녀의 두 눈은 반짝거리고 있었다.

"저, 사카이 씨랑 같이하지 않았다면 만 엔 정도는 썼을지도 몰라요. 도쿄에 돌아가서 또 할 것 같아 무섭네요!"

빠칭코 가게를 나서며 중얼거리는 걸 듣고 '괜한 일을 했다'고 생각했다. 그녀의 인생에서 빠칭코 따위는 몰라도 좋았을 일인데. 빠칭코에 빠지는 일이 없으면 좋으련만⋯⋯.

젊은이에게 무언가 첫 경험을 하게 하는 것은 즐거운 일이다. 나로서도 누군가에게 빠칭코를 가르쳐본 일은 처음이었다. '어머, 들어갔다!'며 탄성을 지르는 그녀와 함께 빠칭코를 하면서 즐거웠다. 하지만 '처음이에요'라는 말을 듣고 '오호, 그렇군' 하면서 호색한처럼 무엇이건 경험시키는 일은 좀 그렇지 않을까?

이런저런 대화를 하면서 대담은 무사히 끝났다. 아아, 그녀의 마음속 도화지에는 앞으로 어떤 색이 칠해질까? 아름다운 색만으로 그림이 그려진다면 좋을 텐데. 그런 걱정을 하는데 "저⋯⋯ 대담은 언제 시작하나요?"라고 묻는 그녀. 아무래도 지금까지 나눈 이야기는 대담 전의 단순한 수다였다고 생각하는 모양이다.

"지금까지 대담을 했는데⋯⋯" 그러자 "그, 그런 거예요? 대담이라고 해서 '그럼, 지금부터 대담을 시작하겠습니다' 하고 엄숙하게 시작할 줄 알았어요! 벌써 끝났다니!"라고 말한다.

그녀의 신선한 반응을 보고 가슴이 찡해졌다. 이렇게 순수했던 시절이 내게도 있었던가. 그리고 이렇게 순수한 그녀도 이십 년 후에는 나처럼 되어버리는 걸까?

그러나 의외로 '모르는 사이에 끝나버리는' 첫 경험도 많을 것이다. 모든 일이 충격을 가져다주는 첫 경험이었다면 삶은 너덜너덜해졌을지도 모른다.

이
사

xx월 xx일

'이것으로 끝'이라는 감격과 함께 휴대폰 게임을 시작한다. 테트리스처럼 단순한 게임에 잘 빠지는 나는 휴대폰에 내장되어 있는 시시한 게임에도 금방 열중해버린다. 일하는 틈틈이, 식사 후에, 그리고 자기 전에. 마치 애연가가 습관처럼 담배를 꺼내 드는 것처럼, 다시 말해 중독된 것처럼 휴대폰 게임에 손을 내민다.

하지만 오늘 나는 새로운 휴대폰을 구입한다. 드디어 이 게임과도 안녕을 고할 수 있다. 이제 이별이라고 생각하니 섭섭하지만 실컷 플레이한 후에 게임 종료. 휴대폰을 주머니에 넣고 매장으로 향했다.

이제부터 이른바 기종 변경을 해야 하는데, 이번에는 지금까지의 기종 변경과는 조금 다르다. 내가 구입하는 것은 스마트폰이기 때문이다.

IT 관련 제품이나 전자제품에 매우 약한, 중년 아줌마인 나. 게다가 도전 정신도 없어서 새로운 물건을 남보다 먼저 사용해본 적도 없다.

보수적인 기질이어서 휴대폰도 보통 사람보다 삼 년 정도 늦게 사용하기 시작했다. 그런 내게 이번의 스마트폰 구입은 상당히 진취적인 행동이다. 휴대폰 매장 직원이 늘어놓는 요금제 설명은 여전히 80퍼센트 정도밖에 못 알아듣겠지만 '최첨단 스마트폰을 손에 넣었다'는 사실에 기분은 최고!

과감하게 스마트폰으로 바꾼 이유는 머지않아 이사를 앞두고 있다는 사실과도 관련이 있다. '이사를 계기로 새로운 것을!'이라는 마음이 강해진 것이다.

고조된 기분과 함께 이 동네와도 이제 곧 헤어진다는, 조금은 감상적인 기분에 휩싸여 이전부터 관심이 가던 찻집에 들어가봤다. 커피와 타르트를 주문했다. 굉장히 편안한 분위기의 찻집이다. 어째서 좀 더 빨리 와보지 않았을까?

커피를 마시면서 새 스마트폰을 조작해본다. 액정 화면을 손가락으로 쓰윽 문지르고 있자니 나 자신이 마치 앞선 인간으로 느껴져 자랑스럽게 계속해서 문질러본다.

몇 번의 실패 후에 가까스로 첫 메일을 송신. 새 휴대폰을 사고

나면 늘 '나는 정말 이 휴대폰에 익숙해질까' 하고 학기 초 새로운 학급에 들어갔을 때와 같은 불안감을 느낀다. 이번에는 그 불안 감이 여느 때보다 훨씬 강하다. 과연 능숙하게 잘 사용할 수 있을 까? 그런 불안감이 머릿속을 떠돈다.

새 휴대폰을 계속 만지작거리다가 어플 중에 테트리스가 있는 것을 발견해버렸다. 안 돼, 안 돼, 이런 것에 손을 대면 다시 끝없 는 시간 낭비에 빠져버릴 텐데……. 알고 있으면서도 결국 유혹을 떨쳐낼 수 없었다. 당장 테트리스를 시작했다. 역시 잘 만들어진 게임이잖아.

혹시나 해서 옛날 휴대폰을 꺼내보았다. 알맹이가 쏙 빠져 폐 품이 되었을 거라 생각했지만 놀랍게도 게임은 이전처럼 할 수 있는 게 아닌가. 기쁜 마음과 걱정스러운 마음이 반반. 테트리스 도 할 수 있고, 옛 휴대폰 게임도 할 수 있게 되면 온종일 두 휴대 폰에 매달려 있을지도 모른다. 게임을 끊을 생각에 휴대폰을 바꿨 는데 결과는 그 반대라니 이럴 수가. 못 본 척 옛 휴대폰을 가방에 다시 집어넣었다.

xx월 xx일

'누구나 하고 있는 일'은 '누구나 할 수 있는 일'이라고 생각하 기 마련이다. 그러나 '누구나 하고 있는 일'이란 수험 공부, 취업 활동, 출산, 운전면허 취득 등 실제로 '전혀 간단하지 않은' 일이 많다. '모두 이렇게 고생하고 있구나!' 하고 그 입장이 되어서야 비로소 깜짝 놀라는 것이다.

이번에 이사하게 되면서 오랜만에 그 감각을 떠올렸다. 본격적인 이사는 난생처음이었다. 수십 년 전, 본가에서 지금 살던 곳으로 이사 왔을 때는 이사라기보단 단순히 짐을 옮기는 것에 불과했다. 기껏해야 새로운 가구를 들이는 정도였으니까.

그러나 이번에는 이사 그 자체다. 결혼이나 전근, 주택 구입 등으로 이사에 익숙한 친구들은 이사를 앞두고 긴장해 있는 내게 '그 나이에 이사가 처음이라니 별일이네'라고 말한다.

나와 이름이 같다는 이유로 판다 마크의 모 이삿짐센터에 이사를 의뢰했다. 견적을 내기 위해 방문했을 때 신발을 벗고 들어온 직원의 양말은 판다 모양이었다. 그런 부분까지 신경 쓸 필요가 있을까?

아무튼 인플루엔자를 앓고 난 후여서 나는 체력을 보존하기 위해 모든 것을 이삿짐센터에 맡기기로 했다. 이삿짐을 싸고, 이사한 후에 짐을 정리하는 것까지.

오늘은 바로 이삿짐을 싸는 날. 아침 8시 30분, 이삿짐을 쌀 이삿짐센터 직원들이 왔다. 모두 여성이다. 앞치마를 두르고 신속하게 척척 짐을 싸기 시작했다.

이사를 결정하고 지금까지 필요 없는 물건들을 정리해서 꽤 버렸다고 생각했는데 막상 짐을 꾸리기 시작하니 그 어마어마한 양이라니. 특히 작업실의 짐을 꾸리는 담당 직원은 벽과 바닥을 가득 메운 책을 보고 '헉' 하고 눈썹을 찌푸리더니 포장할 박스를 추가로 주문했다.

어쨌거나 그녀들은 정말 능력자였다. 리더라기보다는 '주장'이라 불러야 어울릴 법한 믿음직스러운 중년 여성이 젊은 여성에게 차분하게 지시를 내리면 대량의 짐이 빠르게 상자에 담긴다. 이사라기보다는 전쟁을 하는 듯한 절박감마저 든다.

책장 구석에서 수수께끼의 물건이 발견되기도 하는 등 지저분한 집 안 모습에 많이 부끄럽기도 했지만 바쁜 와중에 창피를 느낄 틈도 없었다. 그저 살림 속까지 그녀들에게 다 드러낼 각오를 하는 수밖에.

책을 담당한 젊은 여성은 짐이 무거워 힘든 것 같았다. 책이 들어간 상자를 쌓아올리는 일만 해도 큰 고생이었다. 이삿짐을 싸주는 그녀들에게 고마운 한편 미안하기도 했다.

그래서 생각해낸 것이 바로 '게이 이삿짐센터'다. 여성보다 훨씬 여성스러운 세심함으로 이삿짐을 싸주는 데다가 남자에 버금가는 힘. 모두는 아니더라도 한 명 정도 게이 직원이 있다면 괜찮지 않을까?

그런 쓸데없는 생각을 하는 동안에도 쉴 새 없이 진행되는 이삿짐 꾸리기. 어쨌거나 대체 짐이 얼마나 많은 거지? 오늘 중으로 전부 끝나려나?

가만히 보고만 있어도 불안감과 피로감이 몰려온다.

xx월 xx일

어제 이삿짐 꾸리기가 무사히 끝났다. 지친 기색이 완연한 젊은 직원들에게 조금만 더 힘내라며 격려하는 주장의 모습에서 리더의 자질을 보았다.

오늘은 남자 직원들이 찾아와 이삿짐을 나른다. 책임자라며 인사하는 이십 대 젊은 청년. 다른 멤버도 모두 젊은이들이다. 힘을 써야 하는 일은 젊은이들 몫인가 보다.

그들도 마치 부모의 원수라도 갚듯 맹렬한 기세로 이삿짐을 옮기기 시작했다. 땀을 뻘뻘 흘리고, 숨을 몰아쉰다. 눈이 핑핑 돌 정도로 빠르다는 건 바로 그들을 두고 하는 말이 아닐까 싶다. 그러는 동안 내 휴대폰에는 이사와 관련된 수통의 전화가 걸려왔지만 익숙하지 않은 스마트폰 탓에 제대로 전화를 받지 못했다. 손가락에 힘을 주고 화면을 문질러보지만 전화는 아무런 반응을 보이지 않는다. '아, 어째서 난 이사하기 직전에 휴대폰을 바꿔버린 걸까!' 속이 부글부글 끓는다.

우왕좌왕하는 나와는 달리 나보다 훨씬 어린 이삿짐센터 청년들이 얼마나 믿음직스러운지. 예를 들면 수도관에서 물이 샐 때 수리해주는 수도 배관공이나 해외에서 통역을 맡아주는 가이드처럼 그 사람밖에 의지할 데가 없는 그런 순간에는 상대방이 핑장히 멋있어 보이는데, 이삿짐센터도 마찬가지다. 지금은 그들이 내 생명줄을 쥐고 있다.

그들은 약 세 시간에 걸쳐 내 모든 짐을 트럭에 옮겨 실었다. 텅 빈 집에 홀로 남겨진 나. 아아, 집이 이랬었나.

처음 이 집에 이사 왔을 때, 나는 이십 대였다. 그로부터 십여 년, 어리석고 부끄러웠던 많은 기억들이 이 집에 남아 있다. 이 집에서 나는 그 책도 썼고, 이 책도 썼다.

그런 생각을 하다 보니 머릿속이 뜨거워진다. 애정 어린 이 집과도, 이 동네와도 오늘로 이별이다. 벽을 쓰다듬으며 마음속으로 이 집에 감사 인사를 한다.

xx월 xx일

그럭저럭 이사는 무사히 마쳤지만 완전히 지쳐버렸다. 이사가 이렇게 피곤한 일이었단 말인가.

게다가 이사를 계기로 휴대폰을 바꾸는 것 이상의 일에 도전했다. 앞서 말한 것처럼 전혀 진취적이지 않은 나는 지금까지 워드프로세서로 원고를 써왔다. 그랬는데 이번에는 큰 맘 먹고 컴퓨터를, 그것도 맥북으로 바꾼 것이다.

워드프로세서를 사용하고 있다고 말하면 사람들 대부분은 '그건 혹시 워드프로세서 전용기를 말하는 건가요?'라며 깜짝 놀라 묻는다. 그렇다, 바로 워드프로세서 전용기인 NEC의 제품이 내

애용품이었다. 워드프로세서로 작성한 원고를 플로피디스크에 저장하고, 그것을 다시 컴퓨터로 송신했던 것이다.

그러던 내가 난생처음 맥북을 구입해, 난생처음 워드 프로그램에 도전한 것이다. 막상 사용해보니 의외로 매우 간단했다. 마치 잡아먹히기라도 할 듯한 각오로 원고를 쓰기 시작했지만 사실은 얼마나 편하던지.

원고를 쓰면서 같은 화면에서 조사도 할 수 있다는 사실이 굉장히 획기적이었다. 순식간에 내 자신이 현대인이 된 듯한 느낌!

그런 이유로 내 집에 상당히 늦게 찾아온 IT 혁명은 이사와 동시에 빠른 속도로 진행되었다. 컴퓨터로 원고를 쓰면서 휴대폰으로 걸려온 전화를 손가락으로 쓰윽 문질러 받는다. 그런 내 자신이 살짝 쑥스럽기도 하지만 멋있어 보이기도 한다.

지진

xx월 xx일

일을 마치고 아오모리로 향했다. 전역에 개통된 도호쿠 신칸센에 도입된 신형 차량, 하야부사 열차를 타고 처음으로 종점인 신아오모리 역으로 향한다. 하야부사의 특징은 긴 코와 동체에 들어간 분홍색 라인이다. 조금 일찍 도쿄 역에 도착해 일부러 선두 차량까지 보러 가 사진을 마구 찍어댔다.

하야부사에는 그린석보다 상위 레벨인 그랜클래스라는 좌석이 있다. 그랜클래스의 표는 일순간에 매진된다고 하는데 한 번쯤은 보고 싶어서 맨 끝 차량까지 구경하러 갔다. 나 같은 구경꾼 때문에 그랜클래스 승객은 꽤 불편하리라. 열린 문틈 사이로 살짝 안을 들여다 보고 나중에 기회가 되면 꼭 타봐야겠다고 생각했다.

국내 최고 속도인 시속 320킬로미터로 달리는 하야부사는 주행 시 흔들림을 방지하는 구조라고 한다. 아침이기도 해서 늘 그렇듯 열차에 오르자마자 금방 잠에 빠져들었지만 흔들림이 적었던 덕분인지 푹 잘 수 있었다. 그리고 순식간에 종점인 신아오모리에 도착했다.

재래선으로 갈아타고 히로사키로 향했다. 맛있는 음식에, 인정이 넘치는 사람들. 역시 도호쿠(東北)다.

xx월 xx일

아오모리 출장에서 돌아온 지 여러 날이 지나고, 이사 후 어수선했던 일상이 마침내 안정을 찾았다. 외출에서 돌아와 집에서 점심을 먹고, 텔레비전을 켜자 마침 「미야네야 일본의 인기 있는 와이드쇼 프로그램」가 시작되던 참이었다. 미야네 미야네야의 사회자 씨를 별로 좋아하지 않지만 요즘 오후 두 시에 방송하는 와이드쇼는 이것뿐이어서 별생각 없이 보게 된다. 오랜만에 맛보는 여유로운 시간이기에 귀로 「미야네야」를 들으면서 소파에 누워 휴대폰 게임을 한다. 마음껏 게으름 피울 때의 이 행복감이라니!

텔레비전에서는 이시하라 신타로 일본 작가이자 정치인가 도지사 선거에 출마한다는 소식을 전하고 있다. 그러다 순간 휘청하고 집이 흔들렸다. 지진에 익숙한 도쿄 주민인 나는 '지진이다!'라고 생각하면서 그대로 게임을 계속했다. 하지만 시간이 지나도 흔들림은 멈추지 않고, 더욱 심하게 흔들렸다. 마침내 거인이 집을 잡고 흔드는 것처럼 처음 겪어보는 강한 흔들림에 깜짝 놀라 벌떡 일어났다. 거실 바로 위 2층은 책이 산더미처럼 쌓여 있는 작업실.

2층이 무너져 내리면 이곳은 엉망이 될 터였다.

텔레비전에서는 미야네 씨가 '지진이 발생한 듯합니다'라고 전한다. 「미야네야」는 간사이 방송국에서 송신하고 있기 때문에 스튜디오의 모습은 차분하다. 화면이 곧바로 도쿄로 바뀌자 아나운서가 긴박한 표정으로 등장한다. 아무래도 도호쿠에서 큰 지진 2011년 도호쿠 지방에서 발생한 동일본대지진이 발생한 모양이다.

휘청휘청 아직도 흔들림이 계속되고 있다. 2층이 무너져 내릴 것만 같아서 현관으로 피했다. 학생 시절 시험 전날이면 대지진이 일어났으면 좋겠다고 생각했던 나였지만 그 시절 경솔했던 스스로를 크게 반성하며 흔들림이 빨리 멈추길 기도했다.

그와 동시에 내 머릿속에 떠오른 한 가지 생각. 그것은 가족과 친구들의 안부도, 공공시설의 안전에 관한 일도 아니었다. 어째서 '아, 이번 지진 때문에 결국 도지사는 이시하라 씨가 되겠구나'라는 생각이 떠올랐을까.

이 시점에서 어느 정도의 피해를 입었는지는 전혀 알 수 없지만 비상사태에서 사람들이 원하는 것은 강력한 카리스마와 강한 지도력일 것이다. 도지사 선거에는 다양한 인물들이 입후보하겠지만 재해 시에 사람들이 원하는 지사는 바로 얼마 전까지 다른 현에서 지사를 했던 인물도, 오랫동안 술집을 경영했던 인물도 아닐 것이다.

이런 생각을 하게 된 것은 아마도 지진이 발생하기 직전까지 보고 있던 「미야네야」의 영향 탓이리라. 아무튼 그런 생각을 하는 동안 흔들림은 서서히 멈췄다. 정말 긴 지진이었다!

조심스러운 발걸음으로 거실로 돌아갔다. 텔레비전에서는 흥분한 듯한 아나운서가 열심히 지진 관련 소식을 전하고 있었다. 미야네 씨는 더 이상 화면으로 돌아오지 않았다.

문득 정신을 차리니 심장이 매우 빠르게 뛰고 있었다. 그제야 처음으로 무서웠다는 공포심을 자각했다.

가족이나 친구와 연락을 취해보려고 했지만 전화가 좀처럼 연결되지 않는다. 초조해하고 있는데 집 전화가 울렸다.

"괜찮으세요?" 하고 묻는 지인의 목소리. 그 목소리를 듣고 조금 안정을 되찾았다. 하나둘씩 연락이 닿아 지인들이 모두 무사하다는 사실을 알게 되었다. 물을 받아두고, 밥을 지어두라는 지진 경험자의 조언. 양동이에 물을 받고 평소보다 더 많이 밥을 지었다.

아, 그러고 보니 이 집에는 우물이 있었다는 사실이 떠오른다. 집을 재건축할 때 옛날부터 있던 우물을 없애버리자는 말도 있었다는데, 그대로 둬서 다행이다. 단샤리 불필요한 것을 끊어버리고 집착에서 벗어나자는 운동가 무조건 좋은 것도 아니다.

고층 빌딩에서 일하는 친구로부터 '무서웠다'는 메일이 도착했다. 난파선처럼 거세게 흔들리고, 승강기도 멈췄다고 한다. 도내 철도도 전부 멈춰버린 모양이다. 점차 피해 규모가 밝혀지면서 분위기는 점점 무거워졌다.

쓰나미에 관한 소식까지 전해지면서 분위기는 삽시간에 더욱 심각해졌다. 바로 얼마 전 내가 출장을 다녀왔던 도호쿠에서는 걷잡을 수 없는 일이 벌어지고 있었다.

여진이 계속되는 가운데 뭔가 먹어야겠다는 생각이 들어 남아 있던 도미구이를 꺼냈다. 거실에 있기가 무서워 현관에 쭈그리고 앉아 식어빠진 도미를 허겁지겁 먹어치웠다.

xx월 xx일

지진이 난 지 삼 일째. 이삼일 동안 지진 피해가 속속 드러났다. 도호쿠 지방의 태평양 연안에 있는 수많은 마을이 쓰나미에 밀려 떠내려갔다. 후쿠시마에서는 원자력발전소 상태가 심각하다. 도호쿠 신칸센은 그 후로 계속 멈춰버린 상태. 결국 하야부사 열차는 데뷔 후, 육 일밖에 운행되지 못한 것이다. 얼마 전의 승차는 내게 귀한 기회였던 것이다.

장을 보러 슈퍼로 가는 길에 보니 근처 신사의 기둥이 내려앉아 있었다. 생각해보면 신사 기둥은 머리 부분은 무거운 데 반해 그것을 지탱하는 기둥이 약해서 무너지기 쉬울지도……

슈퍼에 도착하니 정기 휴일도 아닌데 절전을 위해 휴업한다고 알리는 종이가 붙어 있었다. 초조해하면서 이웃 마을 슈퍼까지 자전거를 타고 달렸다. 그런데 슈퍼에 들어간 순간 이상한 분위기가 느껴졌다. 약한 조명 때문에 어두침침한 내부, 텅 빈 진열대, 길게 늘어선 계산대 앞의 행렬.

쌀이나 빵 같은 주식과 우유나 요구르트, 통조림 같은 것은 진열대에서 자취를 감춘 상태였다. 고기와 채소는 평소와 다름없었기 때문에 바로 장바구니로 투입. 하지만 집에 남은 쌀이 별로 없다는 사실이 떠오르자 묘하게 마음이 급해졌다.

계산을 하려고 줄을 서서 기다리는데 업무 전화가 걸려왔다. 다음 주 약속과 관련해 "그때까지 일본이 살아남는다면 만나요" "네, 부디 몸조심하세요!"라며 마치 전쟁 중이기라도 한 듯한 대화를 주고받았다.

멍하니 계산할 차례를 기다렸다. 사는 동안 이런 일을 겪게 될 줄은 꿈에도 몰랐다. 내가 태어난 순간부터 일본은 항상 평화로웠기에 배고픔도, 생명을 위협당하는 공포감도 느껴본 적이 없었다. 그대로 평화롭게 삶을 마감할 수 있을 것이라 생각했는데 이 나이가 되어서 이런 첫 경험을 하게 되리라고는……

계산대 앞에서 기다리는 사람들 중에는 아이를 데리고 온 엄마들도 많았다. 앞으로 일본이 어떻게 될지 도무지 짐작할 수도 없지만 이 아이들에게 인생은 지진으로 피폐한 일본의 모습에서부터 시작되는 것이다.

모든 아이들에게 축복이 있기를. 그리고 이번 지진으로 생명을 잃은 분들이 부디 쓰나미의 공포에서 해방되어 하나님 품에 안기기를. 고통도, 슬픔도, 모두 잊을 수 있기를……

좀처럼 줄어들 줄 모르는, 길게 늘어선 계산대 앞의 행렬 속에서 나는 그렇게 기도하며, '기운을 회복하기 위해 오늘 밤에는 스테이크라도 먹을까……'라는 생각도 잠시 해본다.

xx월 xx일

지진 후 일주일이 지났다. 원자력발전소 상태는 심각하다. 외국인들은 하나둘 자국으로 돌아가고, 자녀가 있는 사람은 서일본으로 피난을 가기도 한다. 이제 세 살인 내 조카아이를 피난 보내야 할지 고민하는 오빠도 전화 통화를 하면서 "세상에 이런 일이……" 하며 한숨을 쉰다.

지진 때문에 약속했던 식사 모임도 줄줄이 취소되고, 연극이나 콘서트도 전부 중단했다. 그래서 외출할 일이 없었는데, 오늘 모처럼 친구와 식사를 하게 되었다. 장소는 히로오. 만약 또 지진이 발생하면 걸어서 집으로 돌아가야 할 때를 대비해 걷기 쉬운 신발을 신었다. 가방 속에는 식사 대용의 간식과 초콜릿, 핫팩을 넣었다.

히로오까지 가는 일이 마치 대모험을 떠나는 것만 같았다. 무사히 도착했지만 거리엔 사람들이 별로 없었다. 분명 가게 안도

비었을 거라 생각하며 문을 여니 의외로 만석이었다. 모두들 이제 그만 슬슬 밖으로 나가고 싶었던 것일까.

일주일이나 집 안에 틀어박혀 있었던 탓인지 오랜만에 먹어본 이탈리아 요리는 맛있었다. 하지만 도호쿠 지방처럼 엄청난 피해를 입은 곳이 있는데 도쿄에서는 이렇게 평범한 일상이라니, 그 불균형에 현기증이 난다. 국가경제를 위해 적극적으로 소비해야 한다고 말하지만 이 현기증을 피하기 위해 우리는 자숙하고 있는 것이리라.

그러나 맛있는 음식의 유혹은 뿌리치지 못한 채 디저트까지 싹싹 긁어 먹은 나. 최근 '먹을 수 있을 때 먹어두려는 의지'가 강해진 것도 어쩌면 비상시 동물로서의 본능일지 모른다. 분명 누군가와 함께 있고 싶다는 본능도 자극을 받으면 결혼이나 출산이 늘어나지 않을까.

xx월 xx일

재해와는 전혀 상관없이 어깨가 아프다. 티셔츠를 갈아입기 힘들 정도의 통증인데, 혹시 사십견……? 마침내 찾아온 것인가.

그 와중에 친구들과 만나 지진과 사십견에 관한 이야기꽃을 피웠다. 연대감이란 결코 행복하지 않은 경험을 모두 함께 공유함으로써 강해진다는 사실을 새삼 실감한다.

어
머
니
의

날

　며칠 후면 어머니의 날. 엄마가 돌아가신 후 처음 맞는 어머니
의 날이다. 어머니의 날이 다가오자 활기가 도는 꽃집을 보면서
이제는 더 이상 꽃을 준비할 필요가 없다는 사실을 자각한다.

　엄마를 대신해서 엄마의 엄마인 외할머니를 찾아뵙기로 했다.
할머니에게는 엄마가 돌아가신 사실을 아직 알리지 않았다. 이미
나이가 세 자릿수에 달한 분께 딸이 먼저 세상을 떠났다는 사실
을 알리는 건 너무 가혹하다고 판단했기 때문이다.

　꽃과 신선한 회, 차와 케이크, 카스텔라 등등을 준비해 할머니
댁으로 갔다. 낮잠에서 막 깨어나신 할머니께 인사를 하자 엄마인
지 나인지 잘 못 알아보시는 듯하다. 손녀인 준코라고 하자 "그래,

준코로구나. 많이 컸네. 이젠 혼자 다닐 수도 있고"라며 늘 하시던 말씀. 이 나이가 되면 그런 식으로 어린아이 취급을 받는 것이 조금 기쁘다. 엄마는 어떻게 지내는지 물으시기에 "영국에 남자 친구가 생겨서 런던에 살고 계세요"라고 예전과 같은 대답을 했다.

"헤, 그렇구나. 그렇게 먼 곳에 사는구나."

"할머님도 런던에 가실래요?"

"나는 이제 비행기는 못 타지."

이런 식으로 대화를 나누다 보면 엄마가 정말 런던에 살고 계신 듯한 기분이 든다. 뭐, 실제로 그러고도 남을 분이시기는 하다.

할머니 옆에 나란히 앉아 손을 잡아본다. 165센티미터로, 그 연세의 분치고는 슈퍼모델 정도로 키가 큰 할머니는 손도 크다. 할머니보다 나는 키가 훨씬 작지만, 큰 손만큼은 할머니를 쏙 빼닮았다. 할머니와 손녀가 커다란 손과 손을 맞잡고 텔레비전을 본다. 하지만 바스러질 듯 야윈 할머니의 손등. 힘주어 꼭 쥐면 뚝 부러질 것만 같다.

그 후, 내가 가져온 슈크림을 펼쳐놓는 할머니. 역시 잘 먹는 사람은 장수하는구나…….

xx월 xx일

어머니의 날 아침, 정성스럽게 내린 커피와 함께 엄마가 좋아해서 나도 덩달아 좋아진 당근케이크를 위패 앞에 올린다. 할머니

댁에서 돌아오는 길에는 항상 시부야에 있는 딘앤델루카를 들러 당근케이크(이곳의 당근케이크가 맛있다고 생각한다)를 사온다.

향을 피우면서 마음속으로 중얼중얼 속내를 털어놓는다. 살아 계실 때보다 돌아가신 후에 엄마와 더 많은 이야기를 나누게 되었다. 작년에 엄마는 거의 돌연사나 마찬가지로 세상을 뜨셨다. 생각해보면 그 후로 내 인생은 첫 경험의 연속이었다.

아빠가 돌아가셨을 때도 부모님이 돌아가시는 경험을 하기는 했지만 그때는 장례식이니 뭐니 모든 행위의 주체는 엄마였다. 그러나 남은 한 분마저 세상을 떠나자 그와 관련된 모든 일들을 자식이 담당해야만 했다. 장례식이나 다양한 절차 속에서 '아버지가 돌아가셨을 때는 어떻게 했었지?' '어떻게 하면 될까?' 하며 갑작스러운 세대교체에 우왕좌왕했던 것이다. 하지만 큰 문제없이 잘 치렀다고 생각한다.

꽃을 재배하는 친척이 카네이션 등의 꽃을 대량으로 보내왔다. 엄마는 하얀 카네이션을 좋아할만한 사람이 아니다. 그래서 이 꽃 저 꽃을 섞어 화려하게 만든 꽃다발을 위패 앞에 놓았다.

그러고도 아직 많은 꽃이 남아서 평소 신세를 진 이웃 아주머니들께 보냈다. 엄마가 돌아가셨을 때 많은 도움을 주거나 망연히 있던 우리 형제의 배를 채워주신 분. 항상 맛 좀 보라며 반찬을 가져다주시는 분. 쓰레기를 대신 버려주시는 분. 어렸을 때부터 나를 지켜봐주시는 분. 엄마가 돌아가신 후에 오히려 '어머니'가 더 많아진 것 같다.

오후에는 그 꽃을 들고 성묘하러 갔다. 우리 집안의 묘는 신오쿠보에 있는데 개찰구를 빠져나오자마자 후회하지 않을 수 없었다. 황금연휴 마지막 날이라 그런지 오늘이 축제날인가 착각할 만큼 어마어마한 인파였다.

우리 조상이 살던 시절 신오쿠보는 한산한 주택가였다. 그 후 1980년대 코리아타운이 생겨나기 시작하면서 상점가에서 한국어와 중국어 방송이 흘러나오게 되자 성묘하러 올 때마다 놀라곤 한다.

한류열풍이 일자 여기에 관광객이 가세하게 되었다. 처음에는 욘사마를 좋아하는 아줌마들이 많았지만 지금은 한류 아이돌을 좋아하는 젊은이도 많아졌다. 그러면서 이제는 젊고 나이 든 여성들과 한국인들이 뒤섞인 관광지가 된 것이다.

그러나 과거 평범한 동네였던 신오쿠보의 길은 좁다. 그 좁은 길을 따라 한류 팬들이 일요일의 하라주쿠처럼, 혹은 한여름의 가루이자와처럼 북적여서 전혀 앞으로 나아갈 수가 없었다. 엄마가 돌아가신 후 처음 맞는 어머니의 날이라 조금은 감상적인 기분에 이곳을 찾았다. 하지만 마음속으로 '나는 한류 팬이 아니라고요. 그저 성묘를 하러 온 것뿐이에요!'라고 평계를 대면서 관광객들 사이에서 허우적댔다.

가까스로 절에 도착하자 바깥 세계가 마치 거짓말인 것처럼 적

막했다. 묘에 카네이션을 드리고 나니 기분이 차분해졌다.

하지만 밖으로 한 발짝 나서자 그곳은 역시 관광지였다. 인파를 피해 뒷길로 들어섰지만 러브호텔 거리 안에서도 한국 음식점과 한류 아이돌 제품을 판매하는 매장이 있어 관광객들로 북적였다. 어머니와 함께 온 한 여성이 쇼쿠안(職安) 거리 방면에서 들어온 아저씨와 스쳐 지나가며 러브호텔 거리를 누비는 모습을 보니까 '이보세요, 여기는 당신 또래의 젊은 아가씨가 올 곳이 못 된다고요'라고 말하고 싶어졌다.

나 역시 한국 포장마차에서 한국풍의 핫도그를 사서 먹으며 걸었다. 가부키초에 들어서니 이제부터 출근하는 것인지 아니면 일을 마치고 돌아오는 것인지, 많은 호스트들이 지나가고 있었다. 조금 더 가니 멋 부린 게이의 모습이 눈에 띄는 이세탄 남성관. 나는 다양한 사람들을 넉넉하게 품어주는 신주쿠가 정말 좋다. 나도 이세탄에서 쇼핑이나 해볼까…….

xx월 xx일

재해 후, 집에 있는 우물의 존재를 강하게 의식하게 되자 그 우물에서 정말 물이 나오는지 궁금해졌다. 생각해보니 지금껏 한 번도 우물을 사용해본 적이 없다.

물론 우물이라고 해도 두레박으로 물을 퍼 올리는 것이 아니라 펌프식이다. 만약 두레박으로 퍼 올리는 우물이었다면 귀신의 집 같아서 무서웠을 것이다.

우물은 집 뒤쪽에 있어서 평소에는 거의 신경 쓰지 않지만, 물을 한번 퍼내보자는 생각에 뒤꼍으로 향했다. 흐음, 이렇게 생겼구나.

그런데 그저 우물 앞에 멍하니 서 있을 뿐이다. 뭘 어떻게 해야 물이 나오는 거지? 펌프질을 하면 물이 나올까 싶어 손잡이를 위아래로 움직여보지만 물이 나올 기미는 보이지 않는다.

다시 집으로 들어가 사용 설명서 따위를 모아놓은 다발을 꺼내보니 그 속에 우물 펌프 설명서가 있었다. 일단 펼치기는 했지만 모든 종류의 사용 설명서에 약한 나한테 처음부터 자세히 읽어보려는 의지 따윈 없다.

우물 펌프는 대형 제조업체의 가전제품이었기 때문에 서비스센터로 전화를 걸어보았다. 오늘날 대부분의 서비스센터는 처음 전화를 걸면 녹음된 안내 멘트가 흘러나온다. '냉장고, 에어컨에 대해 문의하실 분은 1번을, 세탁기, 건조기에 대한 문의는 2번을……'이라는 음성이 흘러나오지만, '우물 펌프'라는 단어는 등장하지 않는다. 그래서 '기타 제품' 번호를 누르자 마침내 상담원과 연결되었다.

"우물 펌프에 대해 물어보고 싶은데요."

"그럼, 담당자에게 연결하겠습니다."

가전 제조업체에서 우물 펌프 담당자란 대체 어떤 위치에 있는 사람인 걸까? 에어컨이나 냉장고를 담당하는 중요 부서에 비하면 우물 펌프과는 분명 빛을 보지 못하는 부서이리라. 신입 사원이 우물 펌프과에 배속되기라도 하면 주위로부터 놀림을 당하는 것은 아닐까?

그런 생각에 빠져 있는데 수화기 너머로 등장한 것은 어느 지역의 사투리가 심한 아저씨였다. 내 뇌리에는 사십 년 동안 오직 우물만 팠다는, 정수리가 벗겨진 아저씨의 모습이 떠오른다. 우물을 필요로 하는 사람들은 거의 없을 터이므로, 증기기관차 운전사처럼 정년 후에도 촉탁되어 계속 근무하는 사람일지도 모른다. 혹시 이름은 이구치 井口, 일본 성씨로 우물 입구라는 뜻이기도 하다 씨?

우물 앞까지 가서 이구치 씨(추정)에게 전혀 모르겠다고 사정을 설명했다. 전원은 켜져 있는지, 에러 표시는 없는지 등을 확인받았지만 모두 정상. 그러다가 문득 펌프 옆에 밸브처럼 생긴 손잡이가 있는 것을 발견했다.

"혹시 이 손잡이를 돌려야 할까요?" 하고 묻자 "당연히 안 돌리면 물이 안 나오죠"라고 말하는 이구치 씨. 하지만 너무 오래된 탓에 아무리 애써도 손잡이는 전혀 돌아가지 않는다.

"꿈쩍도 안 하는데요"라고 호소하지만 "음, 그건 제가 어떻게 해드릴 수 있는 문제가 아니군요"라고 한다. 아, 그러십니까.

"그럼, 제가 어떻게 움직여보고 그래도 물이 안 나오면 또 연락

드리겠습니다"라고 말하면서 지금까지 희미하게 짐작했지만 마음속으로 부정해온 불안감을 이구치 씨에게 털어놔본다.

"저기, 이 우물이요. 전동식이라는 말은 지진이 발생해서 정전되면 물은……"이라고 말하자 "그야 안 나오죠"라고 딱 부러지게 답하는 이구치 씨.

내 불안감은 적중했다. 뭐, 이구치 씨에게 물어보기 전에 이미 알고 있었던 사실이지만 이구치 씨의 단호한 대답을 듣고 다시금 실망한다. 결국 지진이 일어나서 정전이 되면 이 우물은 전혀 도움이 안 된다는 뜻이다. '물은 안 나오지만 전기는 들어오는' 매우 한정적인 상황이 아니면 이 우물은 활약할 수 없는 것이다.

이구치 씨와의 통화를 마친 후, 한동안 우물 앞에서 서성거렸다. 열심히 밸브를 돌려볼 마음도 없이 분명 비상시에는 박식한 이웃 주민이 와서 전기가 끊겨도 우물 펌프를 움직여줄 것이라고 희망 가득한 상상을 하며 슬며시 그 자리를 떴다.

탁구

××월××일

집 근처에 탁구장처럼 보이는 시설이 생겨서 이전부터 궁금하던 참이었다. 왜냐면 중학생일 때, 나는 탁구부였기 때문이다. 에너지의 상당 부분을 동호회 활동에 쏟아붓는 것이 중학생이라는 생물이고, 나 또한 예외가 아니었다.

그리고 지금의 나는 옛날 실력을 다시 한 번 발휘해보고 싶다는 욕구를 억누르지 못하는 나이대다. 탁구를 하고 싶다는 마음이 뭉게뭉게 샘솟는다.

탁구장으로 보이는 시설은 상가 빌딩의 지하. 지하로 내려가는 계단 앞에 서니 들려오는 핑퐁 소리. '역시나' 하고 두근거리는 가슴, 하지만 그곳에서 한 발자국도 앞으로 내딛지 못했다. 새로운 것을 향해 한 발짝 나아가는 일에 익숙하지 않은 것이다.

계단 위에서 한참 망설이고 있는데 등 뒤로 인기척이 느껴진다. 그 인기척에 떠밀리듯 계단을 내려가보니……

역시 그곳에는 여러 대의 탁구대가 놓여 있었고, 사람들이 탁구를 즐기고 있었다. 대충 둘러보니 나이 드신 분들 혹은 어린아이들이 많았다. 접수처 직원의 말에 따르면 탁구 교실이나 개인 레슨도 하고 있다고 한다. 개인 레슨을 신청해보았다. 우왓, 기대된다.

페이스북을 훑어보니 내 나이 또래의 친구는 대부분 테니스나 골프를 즐기는 듯하다. 예전에 탁구 부원이었다는 사람은 많지만 그런 사람들도 과거를 숨기고 테니스나 골프뿐만 아니라 산악자전거나 서핑처럼 멋있어 보이는 운동을 한다. '자신에게 좀 더 솔직해지자'라고 말하고 싶다.

그러던 중 때마침 페이스북에서 중학교 시절의 탁구부 선배와 연결되었다. 예쁘고 탁구도 잘했던 그 선배는 조금 차가운 인상이어서 쉽게 다가가기 어려웠지만 그 차가운 인상이 또 멋있어서 동경했었다.

'무척 오랜만이에요. 사실, 저는 요즘 탁구를 다시 시작하려고요'라고 열렬한 메시지를 보내자 그 선배 역시 어른이 된 후로도 가끔 탁구를 쳤다고 답했다. 인터넷에서 동지를 만나니 가슴이 뜨거워졌다.

xx월 xx일

탁구 레슨 첫날. 몹시 긴장된다. 새로운 세계에 발을 내딛는다는 것 자체가 아주 오랜만에 경험하는 일이다. 학생 때처럼 자연스럽게 새로운 세계를 경험하는 일도 없고, 아이도 없어서 아이의 성장과 함께 새로운 세계가 펼쳐지는 것도 아니다. 자발적으로 무언가를 하려 하지 않는 한 나를 둘러싼 세계가 변할 일은 없지만, 천성적으로 낯을 심하게 가리는 성격이라 새로운 것에 쉽게 도전하려 하지도 않았다. 그랬다, 나는 그런 '첫 경험'에 굉장히 서툰 사람이었다는 사실을 떠올리며 탈의실로 들어갔다.

탁구용 운동복 같은 것은 당연히 없었기 때문에 적당한 운동복을 준비했다. 장롱 깊숙한 곳에서 끄집어낸 중학생 시절 사용하던 탁구채를 갖고 왔다.

그 시절에 비하면 운동복의 세계도 꽤 많이 변한 것 같다. 옛날에는 땀으로 얼룩진 운동복을 입고 운동했었는데, 지금은 하나같이 화학섬유로 된 속건성 기능성 운동복을 입는다. 땀 얼룩을 만들어가며 운동하는 사람은 거의 찾아보기 힘들다.

특히 옛날에는 탁구 부원에게 (흰색 탁구공이 잘 보이지 않는다는 이유로) 흰색 운동복을 입지 못하게 했다. 여름방학 때 합숙 훈련을 하면 운동복이 땀에 흠뻑 젖어 소금기가 배어 나오기도 했었다. 지금 내가 입은 운동복은 스포츠웨어 전문 매장에서 급하게 구입한 드라이 소재의 셔츠다.

옷을 갈아입고 드디어 탁구대 앞으로 갔다. '어떤 코치가 오려나.' 그 긴장감은 새 학기에 어떤 분이 새 담임선생님이 될지 두근거리며 기다리던 때의 감각과 비슷하다.

등장한 사람은 굉장히 젊은 꽃미남 코치였다. 평소에는 절대로 만날 것 같지 않은 유형의 청년과 갑자기 탁구공을 치게 된 이 신기한 상황.

처음에는 감을 못 잡고 조금 헤맸지만 서서히 익숙해지면서 옛날 실력이 나오기 시작했다. 탁구채가 손에 익으면서 옛날 실력이 나온 것이다. 코치는 바로 얼마 전까지 대학 탁구부의 선수였다고 하는데 굉장히 자상하게 가르쳐주었다. 돈을 내고 배우는 만큼 당연한 일이겠지만 일 년 동안 거의 매일 공만 주우러 다녔던 중학생 시절과는 전혀 다른 특별대우를 받았다. 역시 어른이 된다는 건 멋진 일이다.

그리고 배운 대로 공을 치니까 실력이 팍팍 느는 듯한 이 느낌. '쇠퇴'나 '감퇴'만 잔뜩 느끼고 있던 요즘, 무언가 레벨업 하는 감각도 오랜만이다.

잘 치는 사람과 탁구를 치니 나까지 잘하는 듯한 기분이 든다. 꽤 괜찮은 기분이다. 게다가 과연 코치라 그런지 칭찬도 얼마나 능숙한지. '잘 하시는데요' '운동신경이 아주 좋으세요'라고 칭찬을 받으면 더욱 열심히 해야겠다는 의욕이 샘솟는다. 칭찬하며 키우는 일이 얼마나 중요한지 새삼 실감한다.

결과를 말하자면 탁구 수업은 아주 즐거웠다. 땀에 흠뻑 젖어 (하지만 땀 얼룩은 생기지 않았다) 마시는 물은 얼마나 맛있는가. 다음번 레슨도 예약해버렸다.

xx월 xx일

지진 후 처음으로 도호쿠를 방문했다. 신칸센이 센다이에 가까워지면서 시야에 들어오는 것은 파란색 비닐 시트. 무너진 건물의 잔해가 산더미처럼 쌓여 있는 곳도 있다.

센다이에서 일을 마치고 다음 날 모리오카에서 야마다 선을 타고 미야코로 향했다. 미야코에서 재해 피해를 입은 산리쿠 철도를 탈 생각이다.

산리쿠 철도는 일본 최초의 관민 공동사업으로 1984년에 개업했다. 미야코에서 구지까지 북으로 뻗은 것은 기타리아스 선이고, 가마이시 역과 사카리 역을 연결하는 것은 미나미리아스 선이다. 작년에 나는 산리쿠 철도를 타고 내리면서 리아스식 해안을 구경했다. 그때 열차를 기다리던 시마노코시 역은 쓰나미에 휩쓸려 자취를 감추었다고 한다. 시마노코시 역에는 큰 매점이 있다. 비수기라 한산해서 열차를 기다리던 나는 매점 아주머니와 수다를 떨었는데, 그 아주머니는 무사하시려나. 그리고 리아스식 해안가에서 만났던 그 사람은, 그 소년은……

미나미리아스 선은 지금까지도 운행 정지 상태지만 기타리아스 선의 일부 구간은 지진 오 일 후부터 운행을 재개했다. 게다가 3월 한 달 동안 찻삯은 무료. 재해 전에도 경영이 순탄하지는 않아서 다양한 노력을 하던 산리쿠 철도였다. 공공 교통기관으로써 지역민들을 위한다는 긍지가 느껴진다.

모리오카에서 야마다 선을 타고 두 시간을 걸려 미야코 역에 도착했다. JR 역과 가까운 산리쿠 철도역으로 이동하자 연결이 원활해서 얼마 기다리지 않고 열차를 갈아탈 수 있었다. 태풍이 접근하고 있어서 밖에는 빗줄기가 거셌다. 호우, 홍수 경보도 발령되었다고 하는데 늘 비를 몰고 다니는 나로서는 꽤 익숙한 상황이다.

표를 사서 거의 뛰어들 듯 열차에 올라탔다. 평일 낮이어서 그런지 승객은 많지 않았지만 어린 철도 팬이 엄마와 함께 타고 있는 모습이 눈에 띄었다. 아마 그 아이도 산리쿠 철도를 걱정하는 한 사람이리라.

산리쿠 철도는 터널이 많다. 그 덕분에 이 부근은 큰 피해를 입지 않아 복구가 가능했다. 하지만 미야코로부터 네 번째 역인 다로 역에 도착하자 갑자기 눈앞에 '아무 것도 없는' 풍경이 펼쳐졌다. 역 앞에서부터 멀리 바라다 보이는 바다까지 모든 것이 사라진 것이다.

이전에 이곳에는 민가와 야구장, 소나무들이 있어서 바다는 보이지 않았었다. 그런데 그 모든 것이 쓰나미에 쓸려 내려가 바다가 보이게 된 것이다. 파괴된 건물의 잔해는 어느 정도 정리되어 있었지만 아직 이곳저곳에 집이나 자동차, 가드레일 같은 것의 잔해가 남아 있었다.

갑자기 시야에 들어온 이 풍경에 나는 숨을 들이켤 수밖에 없었다. 그런 풍경 바로 옆에서 움직이는 철도를 타고 있다는 사실 자체가 믿기 어려웠다. 내게 열차는 때로는 아름답고, 때로는 평화로운 차창 밖을 보여주는 존재였지만 지금 창밖으로 보이는 풍경은 너무나 처참했다. 그래도 열차는 달리고 있다.

이는 달리 말하면 산리쿠 철도가 얼마나 열심히 조기 복구를 위해 노력했는지를 보여준다. 재해 다음 날 사장이 직접 노선을 따라 걸으며 피해를 확인했다고 한다. 정전으로 피해 규모를 전혀 파악할 수 없는 상황에서 노선 앞에는 상상할 수도 없는 모습이 펼쳐져 있었다.

종점인 오모토 역(2011년 5월 당시 산리쿠 철도는 미야코-오모토 구간과, 리쿠추노다-구지 구간을 운행 중이었다)은 작년 여행에서도 방문한 지역이다. 이 역은 무사한 듯해서 안심했다. 역 안에는 피해를 입은 주민센터의 임시 사무소가 설치되어 있었다.

산리쿠 철도가 운행하고 있는 것은 일부 구간뿐이다. 그러나 '움직이고 있다'는 사실 자체가 중요하다. 철도선은 지역의 혈관과도 같다. 열차 운행으로 지역과 지역을 연결함으로써 지역은 유기적인 존재가 된다. 비록 그것이 아주 짧은 구간이라도 움직이는 열차의 모습은 우리 마음속에 불을 밝힌다.

미야와키 슌조 일본 기행 작가의 『시각표 쇼와사(時刻表昭和史)』에는 종전 당시의 경험이 기록되어 있다. 그날 미야와키 슌조는 아버지와 함께 요네사카 선의 이마이즈미 역에 있었다. 그곳에서 들은 전쟁 패배 소식. 저자뿐만 아니라 일본 전체의 시간이 멈춘 순간이었다.

그럼에도 불구하고 요네사카 선은 움직이고 있었다. 이마이즈미 역에는 시간표대로 기차가 들어왔다. '이런 순간에도 기차는 달리는 것인가' 하고 놀란 저자는 '기차가 아무 일도 없었던 것처럼 달리기 시작하면서 내 안에 멈춰 있던 시간이 다시 움직이기 시작했다'고 고백한다.

열차는 자동차처럼 마음대로 움직일 수 있는 것이 아니다. 운전사뿐만 아니라 노선을 보수하는 사람, 차량을 정비하는 사람 등 수많은 사람들의 마음이 그 큰 물체를 움직이고 있기에 열차의 존재는 아름다운 것이다.

철도 복구에는 막대한 비용이 들어간다. 그러나 지진 피해를 입은 지역에서도 열차가 움직이고 있다는 안심감이 앞으로 사라지지 않기를 바란다. 그런 생각을 하며 돌아온 미야코 역에서 산리쿠 기념품을 사들였다.

절전

xx월 xx일

잡지사에서 의뢰받은 일을 위해 산인 본선을 타고 돗토리, 시마네, 야마구치를 여행하고 있다. 사실 산인은 민예품으로 유명한 지역이다. 도중에 하차해 도자기 가마를 방문하는 일이 즐겁다.

산인에 있는 한 가마에서도 이 도자기 화병도 예쁘고, 저 파편도 좋다며 이것저것 사들이기 바빴다. 초등학생 때는 산리오 일본 캐릭터 전문기업 매장에서 같은 상태였었지. 나이가 아무리 들어도 산리오의 대체품을 찾고 있는 것이다.

하지만 우리는 철도 여행을 하는 몸이었다. 다음에 탈 열차 시각은 정해져 있다. 산인 본선은 본선이라고는 해도 운행 횟수가 매우 적다. 게다가 이즈모 지역 서쪽은 산인 본선 중에서도 특히 경치가 뛰어난 구간이 계속되기 때문에 절대로 열차를 놓쳐서는 안 된다.

'지금 빨리 가지 않으면 열차를 놓칠지도 몰라'라며 발을 동동 구르면서도 구입한 제품을 택배로 보내는 수속을 마치고(도자기를 들고 다니는 여행은 절대로 피해야 한다. 택배란, 얼마나 편리한 것인가!) 역을 향하는 택시에 뛰어들었다.

이즈모시 역에서 택시를 내려 역 구내로 뛰어갔다. 간신히 열차에 올랐다. '겨우 탔네!' '다행이야'라며 모두 한숨을 내쉬었다.

때는 마침 고등학생들의 하교 시간. 긴 의자에는 고등학생이 하나둘 앉아 있다. 지방 열차에는 네 명이 앉을 수 있는 긴 의자에 한 사람이나 두 사람이 앉아 있으면 상당히 혼잡하지 않은 한, 다른 사람은 비어 있는 남은 자리에 앉으려고 하지 않는다. 인구밀도가 낮은 지역에서는 네 사람이 앉을 수 있는 의자라도 굳이 꽉 채워 네 사람이 앉는 경우는 드문 듯하다.

숨을 몰아쉬며 열차로 급하게 뛰어든 우리 네 사람. 숨을 헉헉거리며 열차 안을 둘러보면서 빈자리를 찾았지만 어느 자리나 한두 사람의 고등학생이 앉아 있어 우리 네 사람이 나란히 앉을 자리는 없었다.

그런데 그때 "여, 여기 앉으세요"라며 긴 의자에 혼자 앉아 있던 여고생이 자리에서 벌떡 일어섰다.

"저, 저기. 역시 젊으니까 자리를 양보해야 된다고 생각해요!"

그 여고생은 마치 자기 자신에게 들려주듯 말했다. 아마 산인 본선으로 통학하는 학생들은 만원 열차(아울러 산인 본선은 거의 전력을 사용하지 않으므로, 만원 '전철'이 아니다)에 타본 적이 별로 없을 것이다. 그녀에게 있어서 자리를 양보하는 일은 난생처음 하는 경험일지도 모른다.

난생처음이었던 것은 여고생뿐만이 아니었다. 어른이라고는 하지만 아직 노인이 아닌(아니라고 생각한다) 나도 열차에서 젊은 사람에게 자리를 양보받는 일은 태어나 처음 있는 일이었다. 여고생과 우리는 서로 첫 경험 동지로 가슴이 두근두근했다.

결국 우리는 "아니, 아니. 그냥 앉아요. 그럼 함께 앉을까요?"라고 말하며 여고생을 억지로 자리에 앉히고 남은 세 자리에 앉았다. 나머지 한 사람은 다른 옆자리에 앉았다.

자연스럽게 그녀와 이야기를 주고받게 되었는데 그녀는 산인에 있는 고등학교 1학년생이라고 했다. 문예부이고, 새까만 머리에 피부가 하얀 소박한 여고생이었다. 분명 현지인이 아닌 네 명의 어른이 갑자기 숨을 몰아쉬며 등장하는 바람에 크게 당황했겠지만 그럼에도 불구하고 밝게 우리의 질문에 답해주는 그녀. 어느 때보다도 투명한 여름의 동해를 함께 바라보며 수다를 떤 후 여고생은 오다시 역에서 하차했다.

그녀가 내린 후 우리는 차창을 바라보며 '마침내 우리도 자리를 양보받았다……'는 사실을 조용히 곱씹었다. 물론 그녀는 노인이나 임신부라고 생각해서 우리에게 자리를 양보한 것이 아니다. '네 명의 어른이 자리에 앉고 싶어 하는 것 같은데, 어린 내가 혼자 이곳에 앉아 있다. 역시 자리를 양보하는 것이 좋겠다'라고 생각해 연장자를 공경해야 한다는 심리로 자리를 양보했을 것이다. 공경해줘서 고마워요.

앞으로 임산부로서 자리를 양보받을 기회는 일단 없을 것 같은나. 그렇다면 이번 경험은 진짜 노인이 되어 일대일로 처음 자리를 양보받게 될 때의 예행연습일지도 모르겠다.

진짜 노인이 되어 처음 자리를 양보받는다면 상당히 충격적일 것 같다. 비록 경로우대용 카드로 전철을 탔더라도 '내가 벌써 그런 할머니로 보이는구나' '여기에 앉지 않으면 괜히 젊은 척하는 것으로 보일까' 등의 생각을 하면서 반쯤 울고 싶어지는 것은 아닐지……

노인께 자리를 양보했을 때 흔쾌히 앉아주시면 매우 기쁘다. 하지만 완고하게 거절하거나 불쾌한 얼굴을 하시면 양보한 자리에 다시 앉기도 쑥스럽고, 마음도 불편해진다. '노인이 되면 젊은 사람이 양보해준 자리에 기분 좋게 앉아야지. 노인으로서의 나 자신을 객관적으로 받아들여야지' 하고 생각한다.

오늘 자리를 양보해준 여고생은 내가 여든 살이 되면 쉰 살 정도이려나. 먼 훗날 그녀가 자리를 양보해준다면 그때야말로 크게 기뻐하며 앉아야겠다고 동해를 향해 맹세해본다.

오늘도 덥다. 하지만 나는 쿨러를 켜지 않는다. 아울러 이 '쿨러'라는 용어는 상당히 옛날 말이라고 한다. 요즘 사람들은 에어컨이라고 부른다나 뭐라나. 냉방을 켜지 않는 이유는 물론 절전을 위해서다. 동일본대지진으로 인한 전력공급 부족으로 전쟁을 겪어본 적이 없는 우리는 생애 최초로 정전 생활에 돌입했다.

재해 직후 모두 절전하지 않으면 대규모 정전이 발생할 수도 있다는 사태에 직면했을 때, 나는 커다란 죄책감을 느꼈다. 사실 우리 집은 오직 전기만 사용하는 집이기 때문이다. 무엇이건 일일이 전기의 힘을 빌려야 한다. 물 한 잔을 끓이려 해도 전기를 많이 잡아먹는 테팔 전기주전자의 스위치를 켜야 하는 나는 세상 사람들에게, 그리고 해님에게 죄송한 마음이 한가득이다.

핑계를 대자면 이 집은 부모님의 노후를 생각해서 재건축한 것이다. 점점 나이 들어 갈 부모님을 생각하니 가장 걱정됐던 것은 화재였다. '전기제품만 사용하면 불을 사용하지 않아도 안심'할 수 있다고 생각했다. 하지만 부모님은 화재를 내기 전에 세상을 떠났고, 이번 재해도 알지 못한다.

"어머나, 이렇게 절전해야 할 세상이 될지는 몰랐어요"라고 불단에 놓인 엄마 사진 앞에서 말을 걸어본다.

재해 후 "사실 우리 집은 전기제품만 사용해요"라고 말하면 모두 유감스러운 표정을 짓는다. 바로 그때 나를 바라보는 눈은 비난과 불쌍함이 뒤섞인 듯한, 다시 말해 매국노를 보는 것처럼 느껴진다. 기분 탓일까?

도쿄 주민은 도쿄 전력의 관할이 아닌 후쿠시마에 도쿄 전력을 위한 원자력발전소가 세워졌다는 사실에 대해 미안한 마음을 가지고 있다. 게다가 우리 집은 지진 직후에 실시된 계획 정전의 범위에도 해당하지 않아 정전될 걱정 없이 오직 전기제품에만 의지해 생활을 이어가고 있다. 우리 집도 정전을 시켜달라고 부탁하고 싶은 심정이다.

그런 이유로 나는 열심히 절전에 힘쓰고 있다. 사용하지 않는 가전제품의 플러그를 뽑아두거나 세탁물을 모아두었다가 한꺼번에 세탁하는 것은 물론, 이제껏 밤에 켜두었던 대문 앞의 전등도 꺼버린다. 드라이어도 사용하지 않고 머리는 자연 건조(마를 때까지 꽤 밤늦게 깨어 있다 보니 오히려 전깃불을 켜는 바람에 절전에 도움이 안 될지도 모른다)로 말린다. 그러자 전기요금이 눈에 띄게 줄어서 즐겁다.

하지만 4월, 5월이 되자 난방을 켜지 않아도 되는 날들이 이어지면서 애써 절전하지 않게 되었다. 절전도 습관이 되어 열심히 절전하려는 감각도 둔해지기 시작한 것이다.

그런 가운데 찾아온 여름. 이 더위를 어떻게 극복해야 할까?

더위는 추위보다 강적이다. 이전 노숙을 하던 아저씨가 '겨울보다 여름이 힘들다. 겨울에는 옷을 껴입으면 되지만 여름은 도저히 방법이 없다'고 하는 말을 듣고 과연 그럴 듯하다고 생각했다. 나 또한 일 년 내내 여행을 하면서 알게 된 사실은 한겨울의 여행보다 한여름의 여행이 훨씬 힘겹다는 점이다. 벗으면 된다고 해결되는 문제가 아니기 때문이다.

겐코 일본의 시인가 『쓰레즈레구사(徒然草)』에서 '집을 지을 때는 여름을 기준으로 삼아야 한다. 겨울에는 어느 곳에서나 살 수 있다. 집이 더우면 도무지 견디기 어렵다'고 쓴 것도 바로 이를 두고 한 말이리라. 겨울에는 어떻게든 된다. 문제는 여름이라고.

그러나 우리 집은 '여름을 기준'으로 하지 않고 지었던 모양이다. 거실 문에 방충망이 없다.

냉방을 켜지 않고 여름을 보내기 위한 첫걸음은 창문을 여는 데에서 시작한다. 그러나 아열대화가 진행되고 있는 일본에서 모기는 큰 적. 모기장 없이는 창을 열 수가 없다. 특히 우리 집 정원은 온난화가 시작되기 훨씬 전부터 모기들 천국이었다.

그런데도 거실에 방충망을 설치하지 않은 이유는 거실에만 멋있는 목재 나무 문을 달았기 때문이다. 나무 문에는 방충망을 설치할 수 없다.

절전이 필요한 여름이 올 거라고는 예상하지 못했을 때 집을 지어서 그런지 "이 나무 문을 달면 방충망은 설치할 수 없습니다만……"이라고 업자가 말하자 더위를 매우 싫어해서 냉방 생활을 꿈꾸던 엄마는 "어차피 여름에는 창문을 안 열잖아요?"라고 말했던 것 같다. 아아, 이런 사람이 있어서 도쿄 전력을 위해 다른 지역에까지 원자력발전소를 세워야 했던 것이 아닐까?

목재로 만든 문은 멋진 만큼 값이 비쌌다. 그래서 예산상 거실에만 설치했던 것인데 지금 생각하면 거실에만 설치한 것이 정말 다행이다. 온 집 안이 방충망이 없는 상태였다면 이 여름을 나는 어떻게 보내야만 했을까?

전생에 메콩강 유역에서 태어나지 않았을까 싶을 만큼 더위와 습기에 강한 나는 창문을 열지 못하는 것이 거실뿐이라면 냉방을 켜지 않고도 버틸 수 있다. 열사병의 징조도 전혀 없다.

재난 이후 '미안한 마음'이 점점 깊어진다. 도쿄 전력 탓에 후쿠시마 주민에게 굉장한 폐를 끼쳐 정말 미안하다. 이렇게 많은 전자제품을 사용해서 정말 미안하다. 정전이 되게 만들어 미안하다. 평소처럼 생활하고 있어 미안하다. 피해지에 아무런 도움이 되지 못해 미안하다. 그런 미안함이 에어컨을 켜지 않는 생활을 한다고 해서 방 안에 쌓이는 열에 녹아 사라지는가 하면 전혀 그렇지 않다. 에어컨을 켜버리면 더욱 미안해지기 때문에 스위치에 손이 가지 않는 것이다.

……아, 하지만 밤이 깊어지면 살짝 에어컨을 켜기는 한다.

장수풍뎅이

오늘은 할머니 생일. 할머니 댁으로 사촌들이 모였다.

사촌 동생이 준비한 케이크에 꽂힌 초의 수는 '1' '0' '1'. 그렇다. 할머니는 올해로 101살.

"케이크를 사면서 할머니가 101살이라고 하니까 눈이 동그래지더라고요!"

내가 아는 모든 사람들 중에서 할머니 나이가 가장 많다. 101번째 생일을 축하하는 것도 물론 처음 있는 일이다.

그렇지만 작년에 100번째 생일을 축하한 것도 태어나 처음 있는 일이었다. 친할머니도 오래 사셨지만 안타깝게 99세에 돌아가셨다. 100살의 벽을 넘기는 힘들다고 생각했는데 외할머니가 열

67

심히 노력해주신 덕분에 101번째 생일을 맞이하게 되었다.

게다가 100살 때 도지사에게 기념품을, 수상에게 표창장을 받은 할머니. 101살이 되자 구에서 축하금이 나왔다. 그러나 예산이 삭감되어 100살 이상인 사람에게 주는 축하금은 올해가 마지막이라고 한다.

생일인 오늘, 할머니 몸 상태는 그리 좋지 않다. 일주일 전까지만 해도 침대에서 일어나 함께 케이크를 먹고 "준코, 어두워지기 전에 빨리 집에 가야지" 하고 말씀하셨는데 오늘은 자리에서 일어나지 못한 채 계속 주무시고 계신다.

생일선물로 침대에 누워서도 잘 보이시도록 커다란 숫자가 쓰인 시계를 준비했지만 그 시계를 못 보실 것 같다.

불안한 마음으로 우리는 눈을 뜨지 않는 할머니를 둘러싸 생일 축하 노래를 부르고 케이크를 먹었다.

할머니는 본래 체격이 크셨는데 최근 일 년 동안 굉장히 마르셨다. 고기도, 생선도, 과자도 잘 잡수시지만 자연의 섭리일까, 조금씩 몸이 작아지고 있다.

야윈 할머니 몸은 전쟁 후에 지어진 이 집보다도, 집 안에 있는 어떤 도구보다도 나이가 많다. 망가지지도, 깨지지도 않고, 아무런 흠집도 나지 않은 상태에서 네 명의 자녀를 떠나보낸 육체는 조금씩 그 기능을 잃어가고 있다.

메이지 시대에 태어나 지진과 전쟁의 시간을 지나 101년. 할머니는 얼마 전 동일본대지진도 경험하셨는데 "지진 때문에 무서우셨죠?" 하고 물으니 "그렇지도 않았어"라고 태연하게 답하셨다.

'101년 동안 이 심장은 계속 일해왔구나.' 위아래로 작게 움직이는 할머니의 가슴을 바라보며 생각한다. 요즘 몸 여기저기가 아프고 불편한 것 보니 내 몸은 101년 동안이나 그 기능을 유지하진 못할 것 같다.

할머니는 계속 눈을 감은 채 주무시고 계시지만 이미 넘칠 만큼 충분히 애쓰셨다. 눈을 감고 아무 말씀하지 않으셔도 할머니의 확실한 존재감이 느껴진다.

xx월 xx일

집에 새로운 친구들이 찾아왔다. 털 달린 생물은 아니다. 엄격히 말하면 살짝 다리에 털 같은 게 달렸지만 포유류는 아니다. 곤충이다.

슬쩍 집에 나타난 그들의 이름은 장수풍뎅이. 상자 속에서 바스락바스락 소리를 내고 있다. 곤충을 기르는 취미는 전혀 없지만 이것도 인연인지 모르겠다. 수컷 장수풍뎅이(뿔 같은 것이 달려 있기에 수컷이라 생각한다) 세 마리를 맞이했다.

아주 옛날 오빠가 장수풍뎅이를 잡기도 하고 받아 온 적도 있었다. 하지만 내가 책임감을 가지고 장수풍뎅이를 키워보는 것은 이번이 처음이다. 아니, 그보다는 책임을 지고 어떤 생물을 키우는 일 자체가 처음 있는 일이다. 부모님과 살던 시절에 키웠던 개나 고양이는 그저 나 좋을 때 귀여워해줬을 뿐이다.

가부오, 가부지, 가부조라고 이름 붙여보지만 일본선 장수풍뎅이를 가부토무시라 부른다 세 마리 모두 똑같이 생겼기 때문에 누가 누군지 전혀 구분할 수가 없다. 그래서 '가부오다치'라고 총칭해본다.

옛날에는 장수풍뎅이 먹이로 수박 껍질을 줬지만 지금은 곤충 젤리라는 것이 있다. 곤약 젤리 모양의 용기에 들어 있고 수액 맛이 난다고 한다. 곤충 사육기에 톱밥과 나뭇가지, 곤충 젤리를 넣고 장수풍뎅이들을 옮겨 넣었다. '어라? 이곳은?' 하는 느낌으로 움직이기 시작하는 그들.

장수풍뎅이를 한참 들여다 보고 있어도 질리지 않는다. 검게 빛나는 위용을 자랑한다는 점에서 바퀴벌레와 거의 비슷한데도 장수풍뎅이는 곤충의 왕으로 칭송받고 바퀴벌레는 해충으로 취급받는다. 이 차이는 어디에서 오는 걸까?

물론 희소가치 차이는 있을 것이다. 장수풍뎅이는 풍요로운 자연 속에서만 살기 때문에 발견하기 어렵고, 살 때도 꽤 비싸다. 하지만 바퀴벌레는 어디에서나 번식하고, 부르지 않아도 나타나 얼굴을 내민다.

태도의 차이와도 관련이 있을 것이다. 장수풍뎅이는 느긋하고 당당하게 움직이며 왕자의 품격을 풍긴다. 하지만 바퀴벌레는 어두운 곳이나 구석진 곳을 재빠르게 움직여 굉장히 천박해 보인다.

과연 어느 쪽이 행복할까? 장수풍뎅이들을 보면서 그런 생각이 들었다. 그들이 본래 자연 속에서 살다가 포획되었는지 아니면 사람한테 유충 상태에서부터 키워졌는지는 알 수 없다.

어쨌거나 장수풍뎅이는 좁은 용기 속에서 작은 나뭇가지와 함께 생활할 수밖에 없다. 반면 바퀴벌레는 사람들에게 미움받고 생명의 위협을 받지만 사람들이 싫어하는 덕분에 사육당할 일 없는 자유로운 몸이다.

평소 동물원이나 수족관을 별로 좋아하지 않는데 이는 동물이나 물고기가 본래 있어야 할 장소에 있지 않다는 사실이 불쌍해서 견딜 수 없기 때문이다. 커다란 곰이 우리 안에 갇혀 같은 동작을 반복하거나 물고기가 수족관 안에서 헤엄치고 있는 모습을 보면 얼마나 고향으로 돌아가고 싶을까 하는 생각이 들어 가슴이 아프다. 동물원 안에서 태어나고 자란 동물도 많겠지만 그 경우에는 대자연을 알지 못한다는 점이 비극이다.

만약 인간이 같은 일을 당했다면 학대라고 불렀을 것이다. 자기 몸보다 조금밖에 크지 않은 공간에 갇혀 지내면서 다른 사람의 구경거리가 되는 일은 절대 허용되지 않는다.

인간이 동물이나 물고기들을 같은 생물체가 아닌 자기보다 열등한 생물로 보고 있기 때문에 동물을 우리 안에서 키우는 것이다. 인간은 스스로 생태계에서 유일하고 절대적인 존재라고 생각하기 때문에 생물을 키우고 생물을 죽여서 먹는다. 자연에 가까운 사육 환경을 표방하는 동물원도 있겠지만, 그것은 인간의 착각에 불과할 뿐이다.

장수풍뎅이를 키우는 나도 우리 안에서 곰을 가두고 키우는 인간과 다를 바 없다. 장수풍뎅이는 수면 시간도 의외로 길지만 눈을 뜨면 탈출을 시도하며 날아오르려 한다. 그러나 그들은 아무리 노력해도 플라스틱 벽과 천장에 막혀 결코 원하는 대로 움직일 수가 없다.

'이런 좁은 공간에서 남자들만 살게 해서 미안' 하고 그들을 보고 있으면 무척 안쓰러운 기분이 든다. 그래도 계속 키우는 까닭은 내가 인간이기 때문이리라.

xx월 xx일

오늘 할머니의 부고가 도착했다. 101번째 생일이 지난 지 이틀째. 그때 모두 마음속으로 품고만 있던 기분 나쁜 예감이 빠르게 적중했다.

물론 할머니는 고통 없이 편안하게 죽음을 맞으셨다. 할머니 댁에 도착하자 조용히 누워 계신 할머니는 온화한 미소를 짓고 있었다. 자택에서 마지막을 맞이하는 것은 오늘날 매우 행복한 일이다. 더 이상 눈을 뜨고 우리를 보지 못하는 할머니. 오직 모두가 바라보기만 하는 존재가 되었다.

거의 한 세기를 살아온 할머니가 앞으로 오 년, 십 년 더 사실

것으로는 생각하지 않았지만 건강했던 할머니를 보고 있으면 돌아가시지 않을지도 모른다는 생각이 들곤 했다. 그러나 역시 죽음은 누구에게나 공평하게 찾아온다.

할머니는 내게 마음속으로 의지할 수 있는 그런 존재였다. 거의 누워 계셨고, 이상한 말씀을 하시기도 했지만 부모님이 세상을 떠난 이후로 할머니가 '준코야' 하고 부르시면 걱정을 해주시는 것 같아 기뻤다. 할머니는 그 물리적인 크기도 그러했지만 '어딘가 큰 분'이셨다.

나뿐만 아니라 모든 자식과 손자, 증손자들도 같은 생각일 것이다. 가족의 중심이었던 할머니가 여행을 떠나고, 모여 있는 자손들의 얼굴을 보고 있자니 할아버지와 할머니가 세우신 한 가족의 역사가 끝났다는 사실을 느낀다. 하지만 다른 가족으로 그 역사가 이어지겠지. 뭐, 나는 이어질 게 없지만.

지금까지 할머니께 엄마가 돌아가신 사실을 알리지 않고 '지금은 홍콩에 계세요' 라거나 '영국에서 남자 친구와 살고 계세요' 라고 말하면서 얼버무려왔다. 하지만 할머니가 여행을 떠난 날은 엄마가 돌아가신 다음 날. 마중 나온 엄마한테 '이제야 만났구나. 이런 곳에 있었니?' 하고 일 년 만에 대화를 건네며 홍콩이건 영국이건 함께 여행하고 있으리라.

언젠간 나도 그 여행의 동료가 될 거라 믿으며 향을 피운다. 땡하고 울리는 종의 울림이 긴 여운을 남긴다.

집에 돌아가자 느껴지는 장수풍뎅이의 바스락거림. 너희들은 잘 살아 있었구나. '그래, 그래' 하고 건강한 장수풍뎅이들에게 위로를 받으며 그들 앞에 가만히 앉는다. 장수풍뎅이의 갑옷 같은 몸통, 뿌리, 다리…… 이 얼마나 정교한가? 살아 있다는 것은 기적과 같구나. 장수풍뎅이의 장수를 기원한다.

흰
머
리

xx월 xx일

역에 가려고 버스를 탔는데 운전사가 여성이어서 깜짝 놀랐다.

오랫동안 버스를 이용해왔지만 운전사가 여성이었던 적은 처음이다. 여성 택시 기사는 가끔 보지만 여성 버스 운전사는 매우 드물다.

깜짝 놀라 다시 확인해보니 운전사는 삼십 대로 보이는 상당한 미인이었다. 하지만 거기서 여성이 몇 살인지, 미인인지를 확인하는 것은 완전히 아저씨 같은 반응이다.

옛날엔 '최초의 여성 ○○ 탄생'이라는 기사가 신문에 자주 실렸다. 남성에게만 문을 개방했던 직장, 여성은 당연히 하지 않을 거라 생각되던 직업이 많았다. 그런 '남성 전용 직장'에 여성이 최초로 발을 디디면 '최초의 여성 ○○'이라면서 신문에 실리곤 했었다.

최근에는 그런 기사들을 거의 볼 수 없게 되었는데 다양한 세계에 여성이 진출했다는 증거일까?

반대로 여성의 일로 여겨지던 직업에 남성이 뛰어드는 경우도 있다. 요즘은 보기 드문 일이 아니다. '간호사' '보육사'는 예전에는 '간호부(看護婦)' '보모(保姆)'라 불렸는데 여성의 일로 여겨졌기 때문이다. 그러나 지금은 남성도 진출해 호칭도 바뀌었다(그런데 어째서 간호는 '사(師)'이고 보육은 '사(士)'일까?).

화장품 판매원만 해도 예전엔 여성밖에 없었다. 화장품 매장은 여성들만 드나드는 비밀의 화원이었다.

하지만 지금은 백화점에 가면 화장품 매장에서 일하는 남성들을 볼 수 있다. 그들은 판매원이라기보다 메이크업 아티스트일지도 모르지만 살짝 섬세한 남성이 여성 고객에게 화장품을 권유하고 있다.

섬세한 사람들의 등장으로 남성들이 선택할 수 있는 직업 폭이 넓어진 듯하다. 여성들이 많은 직업군에서 섬세한 남성은 여성 이상으로 감성과 능력을 발휘하는 경우가 많다.

모 유럽계 항공 회사에서는 남성 승무원이 많은데 그들 대부분은 게이라고 한다. 섬세함과 체력을 겸비한 그들에게 승무원 직업이 적합할지도 모른다.

섬세함과 부드러움, 동시에 체력을 필요로 하는 직업은 그 밖에도 많을 것이다. 간호사건 보육사건 이제는 여성만의 전유물이 아니다. 앞으로 여성 속옷 매장에 남성 직원이 진출하는 때가 오는 건 아닌지.

그런 생각에 빠져 있는 동안 버스가 역에 도착했다. 운전도 굉장히 능숙했고 승차감도 편안했다. 마음속으로 힘내라고 운전사를 응원하며 버스에서 내렸다.

xx월 xx일

기미나 주름은 다른 사람과 별반 차이가 없어도 흰머리만큼은 적은 편이라 생각했다. 거울을 보는데 눈에 보이는 곳에는 흰머리가 별로 없었다. 머리 뒷부분에 조금 있지만 눈에 띄면 그때 뽑아내면 그만이라 생각했다.

그런데 문득 머리 뒤쪽을 거울로 보다 깜짝 놀랐다. 흰머리가 한 뭉텅이나 있지 않은가. 이걸 전부 뽑아버리면 거의 원형 탈모처럼 될 텐데. 내려오는 에스컬레이터에서 내 뒤에 있던 사람들이 떠오른다. 내 흰머리를 보고 '아, 사카이 씨도 이제……' 라고 생각하면서 지금껏 아무 말도 하지 않았지.

어찌 해야 좋을지 미용사에게 물어보니 "보통 마스카라로 살짝 칠해서 숨기면 돼요"라고 한다. 과연 그런 방법이 있었구나.

다른 화장품에는 별로 집착하지 않지만 마스카라만큼은 시세이도 고급품을 사용하고 있는 나. 이걸 매일 머리에 바르기는 좀 아깝다고 생각해서 흰머리용 제품은 없는지 드러그스토어에 가 봤다.

지금까지 헤어컬러 상품 코너에는 가본 적이 없어 이렇게 다양한 상품이 있으리라고는……

헤어컬러 상품은 두 종류로 나뉜다. 젊은이들이 머리색을 바꾸기 위해 사용하는 제품과 중년, 노년층이 흰머리를 염색하기 위해 사용하는 제품이 있다. 양쪽 코너가 서로 붙어 있어 머리색을 바꾸기 위한 제품을 고르는 척해보지만 그런 행동이 통하는 건 나 자신뿐.

얼마 전까지 연애 드라마에 출연하던 배우도 세월이 조금 흐르면 흰머리 염색 광고에 등장하는 요즘, 흰머리 염색약 회사는 가능한 한 세련된 이미지의 여배우를 광고에 섭외해서 염색약을 사야한다는 사실에 우울해지기 마련인 소비자의 마음을 다독인다.

찾아보니 역시 머리용 마스카라 제품이 있었다. 가격도 고급 마스카라보다 훨씬 싸다. 좋아, 바로 이거야.

계산대로 향하는데 안에서 샘솟는 조금은 익숙한 부끄러움. 태어나 처음으로 흰머리용 제품을 사는 내 자신이 어쩐지 부끄럽다. 이 부끄러움은 처음으로 생리용품이나 임신테스트기를 샀을 때 느낀 기분과 비슷하다. 치주염용 제품을 처음 샀을 때도 '치주염이 걱정되는 나이대'라는 사실을 들킬까 봐 부끄러웠다.

드러그스토어에는 추억과 부끄러움이 공존한다. 이곳은 익숙해지면 별일 아니지만 처음 살 때는 죽고 싶을 정도로 부끄러운 물건들을 많이 판다. 스스로는 부끄러워 살 수 없지만 친구의 부탁이라고 생각하면 태연하게 살 수 있는 것도 있어서 친구를 대신해 임신테스트기도 여러 번 구입했다.

남성 또한 비슷한 추억이 있을 것이다. 처음 콘돔을 샀을 때처럼. 무좀약이나 치질약을 처음 샀을 때도 부끄러웠을지 모른다.

드러그스토어 직원은 두근거리는 마음으로 계산대 앞에 선 손님을 무표정하게 맞이해준다. 드러그스토어 직원에게 친절함은 필요 없다. 소비자는 부끄러운 상품의 가격을 상냥한 웃음으로 읽어주길 바라지 않는다. 칫솔이건 콘돔이건 직원은 표정 변화 없이 계산대만 두드려주면 된다. 분명 직원들은 입사 때 '무표정하라'고 배우지 않았을까?

생리용품을 살 때는 종이 봉지로 싸서 비닐봉지에 넣어 주거나 속이 보이지 않는 봉지에 넣어 주는 매장도 있다. 하지만 특별 취급을 받으면 부끄럽다는 생각만 더 커진다. 처음부터 전부 속이 보이지 않는 봉지에 넣어 주면 좋으련만.

흰머리용 마스카라를 들고 계산대 앞에 서니 조금 부끄러웠다. 계산대 직원은 그 상품을 부끄러운 상품으로 생각하고 종이 봉지에 넣어 줄까? 아니, 흰머리는 그리 부끄러운 게 아니다.

앞에 선 할머니가 갖고 있는 물건을 보니 틀니 안정제였다. 아,

이 할머님도 처음 틀니 안정제를 샀을 땐 부끄러웠을 것이다. 그리고 '이런 물건을 사게 되다니' 하고 생각했을 것이다.

나도 시간이 흐르면 틀니 안정제를 들고 줄을 서겠지. 뒤에 선 젊은 여자는 립스틱을 쥐고 있다. 입술이 마치 성형한 것처럼 보일 거라는 광고가 쓰여 있다. 성형한 것처럼 보여도 괜찮은 걸까? 자연스럽게 보이지 않아도 되는구나……. 이런 생각도 이미 낡은 것이리라.

성형한 것처럼 보이게 하는 립스틱을 원하는 젊은이는 언젠가 자신이 흰머리 염색약을 사게 될 줄은 꿈에도 생각하지 않을 것이다.

××월 ××일

아키타 산속에 있는 온천에 왔다. 이렇게 좋은 온천이 있다니. 아직도 널리 알려지지 않은 곳이 정말 많구나.

저녁은 숙소 주인이 직접 만든 요리! 주변에서 캔 산나물과 버섯을 듬뿍 사용한 요리는 정말 맛있었다.

쟁반 위에 정체를 알 수 없는 무언가가 들어 있는 작은 그릇이 있었다. 오돌토돌한 모양인데 채소인지 곡물인지도 구분이 가지 않았다.

물어보니 "말벌 유충이에요"라고 한다. '아아, 이것이 그……' 라고 생각하지만 말벌 유충을 먹어보는 것은 처음이다. 아, 그보다 곤충을 먹는 것 자체가 처음이다.

다양한 경험을 쌓다 보면 태어나서 처음 먹는 음식이 점점 줄어든다. 나이 든 사람이라면 난생처음 햄버거(혹은 피자)를 먹고 세상에 이렇게 맛있는 음식이 있냐며 감탄하기도 하지만, 나 같은 세대는 그런 서양 요리도 어렸을 때부터 계속 먹어왔기 때문에 첫 감동을 기억하고 있진 않다.

내 기억 속에 세상에서 제일 맛있는 음식으로 가장 선명하게 남아 있는 것은 긴잔지 된장이다.

긴잔지 된장이란 와카야마 명산물로 된장 속에 잘게 다진 오이, 가지, 생강 등을 넣고 절인 된장이다. 오이를 찍어 먹거나 하얀 쌀밥과 함께 먹으면 맛있는데 이 된장을 처음 맛본 것은 중학생 때였다. 선물로 받은 된장을 처음 찍어 먹고서 그 단맛과 복잡한 식감에 '세상에 이렇게 놀라운 된장이 있다니' 하고 감동했다. 한동안 밤낮으로 그 된장만 찾은, 긴잔지 된장에 푹 빠진 날들이 이어졌다.

그 후로도 태어나서 처음 먹어본 음식은 많았겠지만 긴잔지 된장 이상의 감동은 느껴보지 못한 나. 그렇다면 이번 말벌 유충은 어떨까?

겉모습은 그리 벌레처럼 보이지 않았다. 작은 콩 같은 물체를 조금 긴장하면서 입에 넣는다. 달콤하면서도 매콤했는데, 단백질을 씹는 듯한 느낌. 맛있다. 밥이랑도 잘 어울린다.

의외로 아무렇지도 않게 곤충을 먹게 되었지만 역시 이번에도 긴잔지 된장을 뛰어넘는 맛은 아니었다. '이렇게 맛있는 것이 있다니!'라는, 새로운 문을 여는 감각을 느끼기엔 이미 너무 많은 것을 먹어버렸다.

마흔다섯 살

가을이 되자 장수풍뎅이 세 마리 중 한 마리가 죽고, 또 한 마리가 죽어서 이제 마지막 한 마리만 집에 남게 되었다. 그런데 장수풍뎅이의 죽음은 도무지 알기가 어렵다. 온몸이 흑갈색이라 얼굴색으로는 죽음을 판단할 수 없다. 몸의 광택에도 별로 변화가 없다. 체온도 느껴지지 않아 차가워졌다는 느낌도 없다. 그저 움직이지 않게 된 고체를 '죽은 거야?' 하며 콕콕 건드려볼 뿐이다.

그리고 오늘 마지막 한 마리마저 세상을 떴다. 곤충에 대해 박식한 사람에게 물어보니 장수풍뎅이는 가을이 되면 죽는 일이 많다고 한다. 그래도 여름을 함께 보낸 장수풍뎅이가 죽어버려서 슬프다.

그것이 가부오인지, 가부지인지, 가부조인지 알 수 없지만 마지막으로 남은 한 마리는 죽기 전날에도 밖으로 나오기 위해 애썼다. 플라스틱 사육 용기 안에 세워놓은 나뭇가지 위로 올라가 하늘을 향해 네 다리, 정확히는 여섯 다리를 움직였다.

그 모습을 보고 그에게 매우 미안했다. 이런 곳에 세 마리나 집어넣어서 미안해. 다른 두 마리가 죽고서 얼마나 외로웠을까. 너도 곧 세상을 뜨겠지. 이런 곳에서 평생을 보내게 해서 정말 미안해…….

그다음 날, 먼저 죽은 두 마리와 마찬가지로 종이에 싸서 정원에 묻었다. 지금까지 기르던 고양이 두 마리와 강아지 한 마리(의 뼈)를 묻은 이 정원. 곤충을 묻는 것은 그러고 보니 처음일지도.

장수풍뎅이야, 편히 잠들렴. 그리고 다음에 태어날 때는 나무들이 많은 숲속에서 절대로 사람에게 잡히지 말고 행복하게 날아오르렴.

xx월 xx일

마흔다섯 번째 생일이다. 날짜가 바뀐 순간부터 페이스북에서 친구들과 지인들의 축하 메시지가 쇄도했다. 이는 프로필에 생일을 기입하면 그날그날 생일을 맞은 사람들 목록이 뜨기 때문이다. 어쩐지 갑자기 굉장한 인기인이 된 듯한 기분이지만 딱히 인기가 많아진 건 아니었다.

몇 살이 되건 생일을 맞는 나이는 '태어나 처음'이다. 마흔다섯 살도 내겐 처음 겪는 일. 반올림하면 쉰 살이 되는 나이에 진입하는 것도 처음 있는 일이다.

십 년 전, 서른다섯이 되었을 땐 머지않아 마흔 살이 된다는 사실에 꽤 놀랐다. 서른 전반까지는 그래도 이십 대의 기분에 젖어 있었다. 그러는 동안 어느덧 사십 대가 되었고 그 놀라움에 『결혼의 재발견』이라는 책을 썼다.

그로부터 십 년, 쏜살같이 흘렀다. 아라포 around40의 일본식 약칭으로 마흔 전후의 여성을 지칭라는 말이 유행하면서 '전 아라포예요'라고 간편히 나를 소개하기도 했지만, 이젠 그 아라포도 한참 전에 벗어난 것이다.

열 살, 스무 살, 서른 살, 마흔 살이 되기 오 년 전부터 항상 무언가를 느끼고 있었던 것 같다. 다섯 살 때나 열다섯 살 때 일은 너무 까마득한 옛날 얘기라 지금은 마치 전생의 기억처럼 희미하지만 스물다섯 살 때는 회사원이었다. 아무리 생각해도 나와는 어울리지 않는다고 생각했던 회사원 생활. '회사를 그만둬야 할까? 계속 다녀야 할까? 그만둔다면 어떤 이유로?' 고민을 하다 문득 '십 년 후에도 나는 회사원일까?' 자문했다. '서른다섯 살에도 회사원인가, 역시 싫다. 그래, 글을 쓰고 싶어'라고 그때 마음을 정해 전업 작가가 되기로 결심했다.

때는 바야흐로 버블경제가 대단원의 막을 내리던 때. 지금의 내가 스물다섯 살에 회사를 그만두려는 날 본다면 '그만두다니, 아깝게. 정사원이 된다는 건 굉장한 특권이라고'라며 눈살을 찌푸리겠지만 젊은 시절 나는 아무런 두려움 없이 머지않아 불황이 시작된 일본사회로 홀로 들어갔다.

그로부터 십 년 후, 스물다섯 살 때 생각했던 것처럼 '서른다섯 살의 작가'가 되었다. 그리고 '어머! 이제 곧 마흔다섯? 그 말은 곧 중년?'이라는 사실을 깨닫고 우왕좌왕했다.

그로부터 또 십 년. 이젠 중년인지 아닌지 고민하는 일도 없이 중년의 한창때를 맞고 있다. 하지만 오십 대를 오 년 후로 앞두자 '슬슬 중년에서도 쫓겨나는 건가?' 하는 기분이 든다. 오십 대라고 하면 이미 초로의 범위에 들어갈지도……

그러자 갑자기 시야가 환해지는 듯한 기분이 든다. 중년의 위기는 시작 지점도 끝 지점도 보이지 않는 불안에서 온다. 하지만 오십 대라고 하면 바야흐로 저 멀리 그 끝 지점이 보이기 시작하는 느낌이랄까. 장수할지, 단명할지 목표 설정이 쉽진 않지만 '일단 반환점은 돈 것으로 해두자'며 케이크를 먹으며 생각한다.

근데 생일 케이크라니……. 역시 기쁘지 아니한가.

xx월 xx일

어젠 일본에 대형 태풍이 상륙했다. 도쿄에도 거센 비바람이 불었다. 잇달아 교통기관 운행이 중단돼 미용실에 다녀와 연극을 보러 갈 예정이었던 나는 외출을 포기할 수밖에 없었다. 태풍이 불면 우비를 입고 밖으로 나가 강한 비바람을 몸으로 느껴보는 것도 살짝 즐겁겠지만 이번만큼은 위험할 것 같아 그냥 집 안에 있기로 했다.

밝아온 아침. 태풍이 지나간 후 청명한 하늘. 세이쇼 나곤 일본 헤이안 시대 여류 작가은 '태풍 다음 날은 더욱 맑게 느껴진다'며 태풍이 지나간 다음 날은 굉장히 청명하다고 썼는데, 정말 비상사태가 끝난 후에는 축제가 끝난 것처럼 여운이 길게 남는다.

그런 생각을 하며 신문을 가지러 밖으로 나갔다. 평소와 뭔가 다르다. 현관에서 문으로 향하는 길 옆에 심겨져 있던 올리브나무가 쓰러져 있었다. 지난밤 태풍으로 나무가 기운 것이다.

완전히 뽑히진 않았지만 '여유롭게 청명한 하늘에 감탄하고 있을' 때가 아니었다. 어린 시절 옆집 담장이 태풍으로 무너져 내린 적은 있었지만 우리 집에도 태풍 피해가 발생하다니!

소용없다 생각하면서도 그리 큰 나무가 아니어서 일단 온 힘으로 나무를 밀어보았다. 기울었던 게 아주 약간 바로 섰다. 하지만 근본적인 해결책은 아니다.

다행히 안전점검을 위해 집에 사람이 오기로 되어 있었다. 오후에 점검하러 온 아저씨께 부탁하자 삽을 갖고 다시 방문하셨다. 그리고 뿌리 근처를 파내 원래대로 세워주셨다.

물론 나도 목장갑을 끼고 도왔다. 아저씨와 협력해 올리브나무를 완전히 똑바로는 아니더라도 길을 막지 않을 정도로 세웠다. 나머지는 나중에 꽃 가게에 부탁해야지.

『마쿠라노소시』세이쇼 나곤이 쓴 수필에서는 태풍이 지나간 다음 날, 어린 하녀와 젊은 아내가 비바람에 쓰러진 화분을 정리하며 즐거워하는 모습이 그려져 있는데, 그녀들도 쓰러진 나무를 일으켜 세우진 못했을 것이다. 쓰러진 나무를 세우는 일은 몹시 힘든 일이네……. 녹초가 되어 목장갑을 벗어던졌다.

××월××일

가을이 되어 마침내 모기가 줄어들자 여름 동안 거의 방치했던 풀 뽑기를 조금씩 시작했다. 왠지 모르겠지만 청소엽 잎사귀가 떨어져 열매를 맺고 있었다. 그러고 보니 엄마는 청소엽 열매로 자주 튀김을 해줬는데, 기름때가 끼는 걸 싫어하는 나는 집에서 거의 튀김 요리를 하지 않는다.

오늘은 풀 뽑기를 하는 날. 여전히 모기가 있어 긴팔에 긴 바지, 고무장갑(무심코 벌레 같은 걸 만져도 목장갑보다 냉정하게 있을 수 있다)으로 무장. 얼굴에는 과격한 테러리스트처럼 수건을 돌돌 감는다. 거기에다 자전거 탈 때 아주머니들이 흔히 쓰는, 얼굴을 완전히 가리고 앞만 살짝 보이는 자외선 차단 썬캡 모자를 장착하면 풀 뽑기 패션 완성.

이 썬캡, 엄청 이상하다고 생각했는데 설마 내가 쓰게 될 줄이야. 그러나 밖에서 일하며 두 손이 자유롭지 않을 때 이것만큼 편리한 것도 없다. 시야가 확보되어 위험하지도 않다. 주위에서 봐도 누군지 알 수 없을 테니 '뭐, 어때……' 하며, 보기엔 좀 그렇지만 실용성을 생각해 착용한다.

여름 동안 내버려둔 탓에 잡초가 기가 찰 정도로 무성히 자라 있었다. 무슨 수확이라도 하듯 열심히 쑥쑥 뽑아냈다. 부모님이 정성껏 돌보던 시절에는 본 적 없는, 정체를 알 수 없는 식물이 번식해 있어 무서울 정도였다.

한참을 땅만 보며 잡초를 뽑다 문득 눈을 드니 그곳에 빨간 꽃 한 송이가 피어 있었다. 식물에 대해 별로 아는 게 없지만 이 꽃 이름만큼은 알고 있다. 꽃무릇 일본에서는 피안화라 부른다이다.

이 정원에서 처음 보는 꽃무릇. 잎사귀 한 장 없이 꽃만 피운 모습에, 부자연스러울 정도로 빨간 꽃, 게다가 피안화라는 이름까지…… 어딘가 불길한 기운을 풍긴다. 아름다운 꽃이지만 맹독을 갖고 있다고 한다.

그러나 꽃무릇은 뽑지 않고 그대로 남겨둔다. 모처럼 핀 꽃이니까. 가을 정원에는 이렇게 빨간 꽃이 달리 없으니까.

꽃무릇의 붉은색은 마치 물감으로 칠해놓은 듯 시간이 흐르면 점차 바래진다. 내년에도 갑자기 모습을 드러내 사람을 깜짝 놀라게 할까? 아니면 올해만 그 모습을 보여준 걸까?

수상쩍은 행색으로 풀을 뽑는 여자. 하늘에는 가을바람, 인생에
도 가을바람. 정원 가꾸기가 즐거워지는 나이 때다.

후쿠시마

xx월 xx일

대학생 때 들어간 운동부는 비인기종목 치고는, 아니 비인기종목이었던 덕분에 오히려 졸업생들 결속이 단단했다. 지금은 페이스북에 그룹을 만들어 왕성하게 활동하고 있다.

운동부 최대 시합인 대학리그가 다가오면 그 활동은 더욱 활발해진다. 올해 우리 운동부가 우승 후보라고 해서 열성적인 졸업생들은 '큰 깃발을 만들고, 거기에 졸업생들 응원 메시지를 써서 대회장에 갖고 가자'는 계획으로 떠들썩하다.

그 활동을 보면서 전쟁 중에 국기에 메시지를 써 출정 병사에게 보내는 무운장구(武運長久) 깃발이 떠올랐다. SNS라는 문명의 이기를 사용하는 지금도 별반 다르지 않다고 생각하며 '우승하면 맛있는 고기를 사줄 테니 열심히 하라'는 메시지를 썼다.

그리고 마침내 시작된 대학리그. 대회장이 멀어 응원하러 가지는 못했지만 인터넷으로 시합 중계(비인기종목이라 방송하지 않고 관계자의 자력으로 진행된 유스트림 중계)를 봤다.

평소 졸업생 회비만 보내던 나도 올해는 페이스북 소식으로 사전 기대가 커져 컴퓨터로 시합 결과를 확인했다. 리그 시작 후 승승장구하며 올라가고 있는 듯한 우리 팀!

'이대로라면 우승이다!'

졸업생들의 섣부른 메시지가 쇄도했다. 나도 '이러다가 정말 고기를 쏴야하는 거 아냐? 운동부가 전부 몇 명이었지……' 하며 기대감과 불안감이 뒤섞인 기분에 빠져들었다.

하지만 한창 흥분하며 들뜨던 바로 그때, 대회장에서는 부상을 참고 출전한 우리 학교 에이스가 실력을 전혀 발휘하지 못하고 있었다. 그에 반해 경쟁 팀은 순조롭게 성적을 올려 한 종목밖에 남지 않은 팀이었다. 결국 우승을 기대할 수 없는 점수 차가 나고야 말았다.

침묵에 빠진 인터넷. 한 젊은 졸업생이 '이제 어떡하죠!'라고 채팅방에 쓰자 다시 모두가 기세를 회복해 글을 올리기 시작했다.

'한 사람이 ○○씩 올리면 이길 수 있어!'라며 말도 안 되는 글을 올린 졸업생도 있지만, 아무도 그건 불가능하다고 말하지 않는다. '그래, 아직 이길 수 있어!' '절대 포기하지 마'라며, 점차 '기적이 일어나길' 바라는 분위기로 바뀌어간다.

글들을 보면서 나도 점점 기적을 믿고 싶어졌다. 에이스가 부진한 모습에 실망하긴 했지만 모두가 기적을 믿는 모습을 보니 '어쩌면……'이라는 희망이 싹트기 시작했다.

전쟁 중 사람들 절반이 진심으로 기적을 믿었다는 이야기가 조금 이해가 된다. 집단심리란 바로 이런 거겠지.

지금까지 시합 경과와 다른 사람들의 글을 방관하기만 했던 나도 몽글몽글 글을 남기고 싶어졌다. 현역 선수들을 어떻게든 격려하고 싶다는 졸업생의 마음을 넘어 엄마의 마음 같은 게 샘솟기 시작한 것이다.

그러나 여기에서 망설였다. 사실 지금까지 나는 한 번도 페이스북에 글을 남겨본 적이 없다. 타인의 동향을 살펴보는 일은 즐겁지만 내 심정이나 행동을 다른 사람에게 드러내는 것이 몹시 부끄러웠기 때문이다.

이러쿵저러쿵 자신에 대한 글을 써서 출판까지 한 사람이 이제와 무슨 말이냐고 할 수도 있다. 그러나 출판은 불특정 다수에게 자신의 생각을 드러내는, 이른바 정신적 스트립쇼와 같다.

반대로 페이스북에 글을 남기는 행동은 지인에게 벌거벗은 자신을 드러내는 듯한 느낌이다. 수많은 스트립쇼 무대에 완전히 익숙해진 나지만 페이스북에 글 몇 줄 올리는 일은 몸서리칠 정도로 부끄럽다.

하지만 지금 나는 스트리퍼이기 전에 후방의 어머니였다. 전쟁터로 보낸 자식을 생각하듯 살짝 상기되어 응원의 말을 썼다. 엔터키를 누르려니 긴장된다. 너무 긴장해서 몇 번이나 쓴 글을 되풀이해서 읽어보고, 삼십 분이나 망설인 끝에 엔터키를 누른다. '이대로 좋았을까?' '꺄악, 창피해!' 후회가 밀려든다.

다른 졸업생들은 내가 그렇게까지 용기 내어 쓴 글이라고는 꿈에도 생각하지 못하리라. 평범한 응원 메시지, 그리고 역시 기적은 일어나지 않아 우승을 놓쳐버린 우리 학교.

실망한 후방의 어머니는 그 후 한 번도 페이스북에 글을 남기지 않았다고 한다……

xx월 xx일

재해 후 처음으로 후쿠시마에 갔다. 대지진 후 일로나 사적으로나 도호쿠를 방문하긴 했지만 후쿠시마에는 가지 않았다.

첫 행선지는 이와키 시에 있는 스파리조트 하와이언즈. 이전 여기서 굉장히 즐거운 시간을 보냈던 기억이 있어 큰 피해를 입은 하와이언즈 걱정이 이만저만이 아니었다. 그래서 10월에 다시 오픈한다는 소식에 꼭 가야겠다고 마음먹은 것이다.

도쿄 역 근처에는 하와이언즈로 가는 숙박자 전용 왕복 버스가 있다. 왕복이라고 하기엔 너무 먼 거리지만 무료로 하와이언즈까지 직행하는 버스다.

이와키 유모토 나들목을 빠져나와 하와이언즈에 가까워졌다. 멀리 보이는 건물은 이전과 변함없어 보였지만, 실제로는 막대한 피해를 입었다. 게다가 후쿠시마는 눈에 보이지 않는 방사능 피해까지 입고 있다. 전에 왔을 때와는 전혀 다른 상황인 것이다.

체크인을 하고 이전에도 신세를 진 호텔 직원과 이야기를 나눴다. 3월 11일 지진뿐만 아니라 그 후 한 달 동안 일어난 직하형 지진으로도 큰 피해를 입었다고 한다. 그리고 하와이언즈는 피난소로 사용된 후 다시 오픈하게 된 것이다.

"여러분을 이렇게 다시 맞이할 수 있게 되어 얼마나 기쁜지 몰라요!"

그의 웃는 얼굴 뒤에는 분명 깊은 슬픔이 자리하고 있으리라.

임시 무대에서 훌라걸 쇼가 시작됐다. 전에는 큰 실내 풀장이 있던 워터파크 무대에서 쇼를 봤는데, 지진으로 워터파크가 완전히 망가져 지금은 공사 중이다.

이와키는 본래 탄광 마을이다. 석탄에서 석유로 에너지가 전환되면서 당시 사장이 큰 결심을 하고 하와이언즈 전신인 조반 하와이언즈를 만들었다. '하나의 광산, 하나의 가족'이라는 슬로건 아래 탄광에서 일하던 사람들은 하와이언즈에서 열심히 새로운 일을 시작했다. 유명한 훌라 쇼에 출연한 사람들은 탄광 광부의 딸들이었다.

이런 이야기를 영화화한 게 아오이 유우(蒼井優) 주연의 「훌라걸스」. 영화를 봐서 그런지 이전 하와이언즈에서 진짜로 훌라걸들을 봤을 때 얼마나 사랑스럽던지 눈가가 뜨거워졌었다.

후쿠시마는 현재 석유 다음의 에너지, 원자력 때문에 고통받고 있다. 이런 상황 속에서도 훌라걸들은 다시 일어나 미소 지으며 춤을 춘다. 또다시 눈가가 뜨거워진다.

대부분 현지 출신의 여성으로 이루어진 훌라걸. 모두가 열심이다. 그리고 사랑스럽다. 훌라걸의 열성 팬으로 보이는 남성도 있고, 어린아이들은 함께 춤추고 있다. 젊은 여성의 아름다움과 사랑스러움은 반짝이는 보석 같다. 거의 나이 든 아저씨의 마음으로 그녀들의 노력에 박수를 보낸다(그 후, 워터파크 공사가 끝나고 지금은 새로운 무대에서 훌라걸들이 춤추고 있다고 한다).

xx월 xx일

이와키 역에서 고속버스를 타고 후쿠시마로 향했다. 일요일이지만 메누키 거리에는 사람이 별로 없다. 후쿠시마 대학의 학생들이 복구를 위한 이벤트를 하고 있다. 모두 시부야에서 흔히 볼 수 있을 법한, 밝고 건강한 젊은이들이다.

후쿠시마에는 세련된 가게들이 많다. 나도 모르게 들어가 옷이니, 잡화니 이것저것 사들인다.

'정말 이곳에 계속 살아도 될지 확실하지 않다는 점이 가장 불안해요. 하지만 어차피 여기에서 살아야 한다면 즐겁게 지내고 싶어서 이벤트를 기획하는 등 다양한 일들을 하고 있어요'라고 가게에서 일하는 젊은이들은 말한다.

도쿄에서 왔다고 말하면 후쿠시마 사람들은 매우 기뻐한다. '후쿠시마에 와줘서 정말 기뻐요'라고 말하는 그 어조가 매우 애달프다. 이 땅에 사는, 아무런 잘못도 없는 사람들에게 우린 터무니없이 무거운 짐을 지워버린 것이다.

처자식을 다른 지역으로 피난시켜서 새로 지은 집에 혼자 살고 있다는 어떤 남성은 '저쪽 공원도 방사선 수치가 높아서 땅 표면을 전부 갈아엎었어요'라며 담담하게 안내해주었다. 그러나 그 공원을 산책하는 사람은 거의 없었다.

후쿠시마에서 신칸센을 타고 센다이로 향했는데, 센다이는 매우 북적거렸다. 재해 후에도 여러 번 센다이를 방문했지만, 올 때마다 활기찬 거리의 모습을 보게 된다. 북적거리는 센다이의 모습에 신뢰감을 느끼며 지나온 후쿠시마를 떠올린다.

xx월 xx일

도쿄로 돌아와 재해 이후 하와이언즈에 대해 다룬 다큐멘터리 영화 「파이팅 훌라걸」을 봤다. 이젠 친척 아이처럼 느껴지는 훌라걸들은 재해 때문에 저마다 많은 괴로움을 겪고 있었다.

영화의 마지막 장면은 하와이언즈가 폐쇄된 기간 동안 전국을

돌며 공연하던 훌라걸들이 다시 임시 무대로 돌아와 춤을 추는
모습. 그녀들의 눈부신 미소에 눈가가 뜨거워진다.

수신인

xx월 xx일

작년에도 상중이었는데 올해도 여전히 상중이다. 상중 엽서 상중이라 연하장을 받지 않음을 알리는 엽서를 준비하기엔 아직 이르다고 생각하며 여유 부리고 있었더니 벌써 엽서를 보낼 시기가 다가왔다. 그렇다. 상중 엽서는 연하장보다 한 달 먼저 보내야 하는 것이다.

당황해서 급히 엽서 인쇄를 주문했다. 그러다 문득 수신인 인쇄 프로그램이 떠올랐다. 올해 초 IT 혁명(휴대폰을 스마트폰으로, 워드프로세서를 맥북으로 바꾸고 워드 프로그램을 사용하기 시작한 대혁명) 때, 손으로 직접 쓰는 일에서 슬슬 해방되고 싶다는 생각에 라벨 인쇄 프로그램을 처음 구입해 컴퓨터를 잘하는 지인에게 설치를 부탁했다.

'주소록에 있는 주소를 지금부터 조금씩 입력해두면 연하장 보내는 시기에 편리하다'는 말을 듣고 진심으로 감탄하며 의욕을 냈지만, 그 후 지진이니 뭐니 하느라 입력 작업을 완전히 잊고 있었다. 잊어버렸다기보다는 잊은 척하고 있었다. '뭐, 조금 나중에 해도 되겠지' 하며 차일피일 미루는 동안 연말이 되어버린 것이다. 아아, 이 '나중에 해도 되겠지'라고 생각하는 버릇 탓에 인생에서 얼마나 많은 실패를 경험했던가.

발등에 불이 떨어지자 마음을 굳게 먹고 주말을 입력 작업에 바치기로 했다. 예전에 워드프로세서로 작성한 주소록을 옆에 펼쳐놓고 키보드를 톡톡 두드린다. 요즘은 정말 대단하다. 우편번호만 입력하면 동네 이름까지 자동으로 표시되어 굳이 입력할 필요가 없다.

그래서 그런지 계속된 입력 작업이 결코 힘들지 않다. 오히려 즐겁기까지 하다. 수필을 쓰는 것과 달리 '살짝 재치 있는 글로 칭찬받고 싶다'거나 '웃음을 주고 싶다'는 사심이라고 할까, 창의적인 아름다움이라고 할까, 그런 것들을 고민하지 않고 키보드를 두드릴 수 있기 때문이다. 주소라는 건조한 문자의 나열을 오직 컴퓨터로 옮기는 작업에는 불경을 필사하는 것처럼 마음을 차분히 가라앉히는 효과가 있는 건 아닐까?

그러고 보니 예전부터 이런 식의 '무심해질 수 있는 단순 작업'을 무척 좋아했다. 묵묵히 풀을 뽑는다거나, 서류를 봉투에 넣는다거나, 십자수를 한다거나.

그렇다면 오른쪽 접시에 있는 콩을 하나씩 젓가락으로 집어 왼쪽 접시로 옮기는 그런 작업도 괜찮냐고 물을 수 있겠지만 내가 사랑하는 단순 작업은 조금이라도 좋으니 어떤 성과를 동반하는 것이다. 잡초가 사라져 깨끗해진 정원이나 서류가 들어간 봉투 더미, 매일 조금씩 도면처럼 완성돼가는 자수를 보면 단순 작업에 더욱 몰두하게 된다.

그런 의미에서 컴퓨터 입력 작업은 내게 잘 맞다. 점점 주소록이 완성돼가는 기쁨을 곱씹으면서 평상시 잡다한 일은 잊고 키보드를 두드린다. 이 얼마나 즐거운 일인가.

드디어 주소록 완성. 이제 IT 혁명 때 구입한 프린터로 인쇄하면 만사 오케이! 가만히 있어도 수신인이 엽서에! 우편번호가 그 작은 네모에 쏙 들어가는 것 또한 기분 좋다.

짧은 시간에 모든 엽서의 수신인이 인쇄되었다. 지금까지 했던 수고가 뭐였을까 하면서 허탈하게 만드는 게 전자제품의 특징이지만, 이 또한 한줌의 감동이다.

한편으론 죄책감도 느껴진다. 한 사람 한 사람 얼굴을 떠올리면서 정성스레 수신인을 써내려가는 것이 연하장을 보내는 마음일 텐데, 단순 작업으로 입력해서 기계로 수신인을 인쇄해도 될까 하는 죄책감이 몰려온다.

하지만 한번 맛 들이면 본래로 되돌아갈 수 없는 게 전자제품의 달콤한 맛. 세탁기나 냉장고나 태어났을 때부터 집에 있어서 '어쩜 이리도 편리할까!'라는 감동을 못 느껴본 나는 수신인 인쇄 프로그램으로 그런 감동을 처음 맛본 것이다. 그에 앞서 스티브 잡스의 죽음에 충격받는 게 먼저가 아닌가 하는 생각도 들지만 맥북 유저로서 역사가 짧은 나는 그 소식을 잘 알지 못했다.

xx월 xx일

친구를 선택하는 기준은 저마다 다양하겠지만, 내 아주 친한 친구들에게는 빼놓을 수 없는 자질이 있다. 바로 야한 이야기를 주고받는 수준이 비슷하다는 점. 스스럼없이 야한 이야기를 해도 결코 눈썹을 찌푸리지 않는 사람, 속 시원하게 뒤로 빼지 않고 그런 유의 이야기를 나눌 수 있는 사람과 어느새 나는 친구가 되어 있다. 그런 친구들과 이탈리아 요리를 먹으면서 수다 떨 때의 일이다.

"요즘 성욕이 완전히 사라지고 말았어."

이전에는 다양한 무용담을 자랑하던 그녀도 나이가 들면서 어른스러워진 모양이다.

"아무렴, 이제는 호르몬도 말라비틀어졌을 테니까."

"우리도 이제 인생의 반환점을 돌았으니까. 인생에서 할 수 있는 섹스의 횟수가 정해져 있다면 절반 이상은 끝났겠지?"

"앞으로 지금보다 더 많은 횟수를 할 리 없을 거야."

"어쩌면 인생 최후의 한 번이 끝나버렸을지도 모르잖아?"라고 오리 요리를 먹으며 냉정한 표정으로 이야기하자 그때 다른 친구가 "그런데 나 말이야. 한 가지 후회되는 게 있어"라고 말했다.

"나는 지금까지 한 번도 동정과 섹스해본 적이 없단 말이야! 어떤 느낌인지 시도해보고 싶었는데!"라고 말하는데 어쩐지 이해할 수 있는 이야기다. 그도 그럴 것이 그 자리에 있던 네 사람 중에서 그런 경험을 한 사람은 단 한 명도 없었다.

"이건 좀 이상하지 않아?"라고 말하는 우리들. 어떤 남성이건 처음에는 모두 동정이었을 텐데 우리 중에 아무도 경험해본 적이 없다니…… 어딘가 동정인 남성을 독차지한 여성이 존재하는 것은 아닐까?

"체험담 같은 걸 읽어보면 십 대 남자 아이가 경험이 풍부한 연상 여성에게 빠지는 이야기가 많아."

"맞아, 친구 어머니한테 빠진다거나 하는."

"그건 성인 비디오를 너무 본 거겠지."

"아무튼 그런 방식에 능숙하고, 그런 남성을 전부 차지하는 여성이 어딘가에 있겠지."

동정과의 경험이 없어 평생 후회된다는 그 친구에게

"하지만 너도 앞으로 어떤 계기로 인생 최초의 경험을 하게 될지 몰라"라고 말하자

"이제 와서 그러면, 그건 그저 야한 아줌마가 되는 게 아닐까?"

라고 걱정한다.

"아니, 그렇지 않아. 이런 세상이니까 오히려 야한 아줌마가 필요하지 않겠어?"

"맞아, 맞아. 세상은 온통 숙녀들만 찾으니까"라며 응원하는 우리들.

과연 그녀에게 인생 첫 동정과의 경험은 찾아올 것인가. 그나저나 레스토랑 한가운데서 할 이야기는 아니었던가…….

xx월 xx일

번뇌 가득한 대화를 마치고 나서 교토의 한 사원에 머물 기회가 생겼다. 때마침 관광 시즌이라 대부분 숙소에 방이 없었는데 인연이 있는 사원 직원이 '만약 괜찮으시면 저희 절에 머무세요'라고 말씀해주신 것이다. 사원이 커서 신자용 숙박시설이 있다고 했다.

"폐문 시간은 따로 없어요. 다만……" 하고 직원이 말하기에 무언가 하니 아침 수행에 참여해야 한다는 것이었다. 새벽 5시 30분부터 불당에서 스님들이 읽는 불경을 들어야 한다는 것이다. 그럼요, 그 정도라면 할 수 있고말고요.

늦은 밤까지 기온에서 놀다가 12시가 넘어 사원으로 들어왔다. 사전에 들은 대로 귀한 문화재처럼 보이는 큰 나무 문이 있었다. 나는 그 옆에 있는 작은 문을 살짝 밀어 안으로 들어섰다. 이런 곳을 통해 절 안으로 들어가는 일은 처음이다. 밤늦게까지 놀다가 부모님께 들키지 않으려고 몰래 집으로 들어가는 것만 같다. 미시마 유키오 일본 소설가의 『금각사(金閣寺)』에서 나이 든 스님도 이렇게 밤늦게 절로 돌아갔을까?

금방 자리에 누운 것 같은데 화재가 났을 때 울릴 법한 종소리에 눈이 떠졌다. 기상 시간, 5시다. 옷을 입고 핫팩을 덕지덕지 붙이고, 불당으로 향한다. 아직 밖은 깜깜하다.

이윽고 스님들이 줄지어 들어온다. 수행 중인 것으로 보이는 젊은 스님이 많다. 무릎을 꿇고 앉아 불경을 듣는다. 불경의 의미는 모르지만 바깥처럼 쌩쌩한 추위 속에서 기분이 상쾌해진다.

그러나 불경은 좀처럼 끝날 줄을 몰랐다. 상쾌한 기분은 벌써 한참 전에 사라지고 춥다. 너무 춥다. 지방과 근육은 물론 뼛속까지 춥다. 무릎을 꿇고 앉은 다리는 뻣뻣해져서 아픈데 꼼지락거리기도 꺼려진다. 그리고 불경은 끝날 기미가 전혀 보이지 않는다. 혹한 속에서 말없이 무릎 꿇고 앉아 불경을 계속 들어야 하는 이 고통. 적어도 불경을 읽는 쪽이고 싶다.

스님들은 이런 수행을 계속해서 하겠지. 주변에 다른 절의 스님들도 젊은 시절 이렇게 힘든 수행을 치른 후 자신의 절로 돌아갔다 생각하니 새삼 존경스럽다. 앞으로는 절대 '땡땡이중'이라는 말은 하지 않겠다고 마음속으로 맹세한다.

끝없이 이어지는 불경. 완전히 날이 밝을 무렵에야 수행이 끝났다. 드디어 끝났다고 안심하며 방으로 돌아가려는데 한 스님이 내 쪽으로 다가온다.

"잘 오셨습니다."

인사말에 이어 부처님에 관한 고마운 법화를 들려준다……

마침내 방으로 돌아왔다. 너무 추운 나머지 "크윽, 크윽" 하는 짐승 같은 외침밖에 내지 못하는 나. 살면서 한 번도 경험해보지 못한 종류의 추위다. 스님들과 함께 아침을 먹은 후에 다시 담요를 뒤집어쓰고 잠을 자는 무례한 행동을 하고 말았다.

나중에 들으니 그날 아침은 그해 겨울 중 가장 추웠다고 한다. 부처님은 동정 어쩌고 하는 화제를 이탈리아 요리를 먹으며 입에 올린, 세속에 찌든 자에게 엄격한 수행을 내리신 걸까?

다시 잠에서 깬 후 살짝 정결해진 듯한 기분이 들었지만 기침은 멈추지 않았다.

닭
찜

xx월 xx일

세밑. 올 한 해를 돌아보면 온통 동일본대지진에 관한 기억밖에 없다. 금년 1월과 2월에 과연 뭘 했지? ……아, 그러고 보니 이사를 했지. 이런 느낌이랄까.

작년까지는 재해라고 하면 한신·아와지대지진이 떠올랐다. 그런데 지금은 '재해' 하면 3월 11일이 떠오른다.

그래도 도쿄는 평소와 다름없는 크리스마스 분위기로 가득하다. '이런 때에……'라고 할까, 오히려 이런 때이기 때문이라고 할까. 크리스마스의 즐거운 분위기를 우리는 원하고 있는 것이다.

나도 이 연말에 연말다운 일이 하고 싶어졌다. 그래서 선택한 것이 '디너쇼'.

연말이 되면 수많은 연예인들이 디너쇼를 한다는 걸 알고는 있었지만, 지금까지 내게는 미지의 세계였다. 그런데 내가 굉장히 좋아하는 시미즈 미치코 일본 예능인의 블로그를 보니 시미즈 미치코와 구로야나기 데츠코 일본 배우, 그리고 오타케 마코토 일본 예능인 세 사람이 디너쇼를 한다는 글이 올라와 있지 않은가. 게다가 세 사람은 출연료를 받지 않고 출연하며, 디너쇼 수익은 모두 동일본 대지진의 피해자를 위해 쓰인다고 한다.

가고 싶다! 하지만 디너쇼 티켓은 비싸다. 시미즈 미치코의 쇼는 그랜드 프린스호텔 신타카나와에서 열리는데 1인당 2,800엔. 그나마 디너쇼 중에는 저렴한 편이다.

시미즈 미치코(및 구로야나기 데츠코&오타케 마코토) 팬은 아닌 친구에게 싫다고 할 걸 뻔히 알면서도 슬쩍 물어보니

"갈래, 갈래! 디너쇼, 한번 가보고 싶었어"라고 응해줬다.

좋아, 가볼까! 결심하고 신청했다.

드디어 바로 오늘. 회장은 호텔의 히덴노마 룸.

"연예인들이 자주 호화 피로연을 여는 바로 거기잖아!"

"처음 와봐."

가슴이 벌렁거린다.

디너쇼에는 손님도 모두 멋지게 차려입고 온다는 이야기를 들은 적 있다. 나고야에서 열리는 마츠다 세이코 일본 가수의 디너쇼에는 어깨와 가슴을 훤히 드러낸 드레스를 입고 오는 사람도 많

다고 한다.

하지만 이번 쇼는 출연자도 그렇고, 어떤 옷을 입고 가야 할지 거듭 고민하다가 무난한 원피스를 선택했다. 역시 회장에는 세이코 쇼를 보러 가는 손님들과는 달리 차분하게 차려입은 어르신들이 많았다.

어쨌거나 히덴노마 룸 크기에 깜짝 놀랐다. 실내 육상 경기장 정도 크기다. 프린스 계열 호텔은 1980년대 버블경제기 전후의 화려한 디자인으로 건축되었다. 샹들리에 같은 장식품이 고풍스러워 정감이 간다. 시간이 더 흐르면 복고풍 건물이 되지 않을까?

세로로 긴 방의 가장 안쪽에는 무대가 있었고, 좌석은 신청한 순서로 배치되어 있는 듯했다. 함께 가줄 사람을 찾느라 고민하다가 신청이 늦어버린 탓에 가운데에서 조금 뒤쪽 자리를 배정 받았다. 다음부터는 조금 빨리 신청해야지.

디너쇼라고 해서 저녁 식사를 하면서 쇼를 즐기는 것으로 생각했는데 그렇지 않았다. 먼저 저녁을 다 먹고 나면 쇼가 시작되는, 이른바 '디너&쇼'였던 것이다.

신청자 단체별로 동그란 테이블이 지정되기 때문에 친구와 둘이 앉은 나. 결혼식 하객 요리를 축소한 듯한 느낌의 식사를 한다. 굉장히 넓은 방 안에서 엄청난 수의 사람들과 식사를 하니 살짝 호화로운 급식을 먹는 느낌이랄까.

6시 30분부터 시작된 저녁 식사를 끝낸 후 8시부터 시작된 쇼.

회장 뒤쪽에서 세 사람이 걸어 나오며 등장한다. 손님들은 환호를 지르며 몰려 나가 악수를 청한다. 세 사람 모두 일일이 정중하게 응해준다.

데츠코 씨는 화려한 드레스, 미치코 씨는 귀여운 원피스, 오타케 씨는 턱시도를 차려입었다. 이 세 사람의 조합에 고개를 갸웃거리는 사람도 있겠지만, 사실 데츠코 씨는 흉내를 아주 잘 내서 미치코 씨가 진행하는 라이브에 출연(흉내 내기)하고 있다.

데츠코 씨의 흉내 내기(레퍼토리는 다카미야마 일본 스모 선수와 러시아 인형극 단원 등)와 노래, 미치코 씨의 피아노 공연과 재담, 데츠코 씨의 세토우치 자쿠초 일본 소설가와 스기모토 아야 일본 배우 흉내 내기에 우리는 모두 크게 웃었다.

마지막에는 세 사람의 선물을 받을 수 있는 추첨회도 열렸다. 무대 위로 올라간 당첨자 중에는 디너쇼에 혼자 온 나이 든 여성이 두 명 정도 있었다. 아마도 매년 연말에는 디너쇼를 보러 다니지 않을까?

쇼가 끝나고 친구와 차를 마셨다.

"즐거웠어! 또 오고 싶네!"라고 말하기에

"그럼, 내년에는 세이코 디너쇼에 가볼까?"

"그것도 좋네! 이제는 피로연에 참석할 기회도 거의 없는데, 가끔은 이렇게 차려입고 외출하는 것도 즐겁잖아!"라며 신이 나서 떠든다.

앞으로 해마다 우리는 누군가의 디너쇼에 가게 되리라. 가끔 멋을 부리고 외출하고 싶은 욕구는 실로 중년 여성의 욕구 자체가 아닐까? 크리스마스이브를 앞두고 더 이상 가슴 설레지 않은 우리지만, 멋지게 중년의 길을 걸어가고 있다는 사실을 새삼 확인하면서 12월의 밤은 깊어갔다.

××월 ××일

새해가 밝았다. 새해 첫날 오후부터 도쿄에서는 진도 4의 지진이 발생했다. 새해가 밝았다고 마음 놓아서는 안 된다고, 항상 조심하라고, 그리고 피해지의 사람들을 잊지 말라고 하늘이 일깨워주고 있는 듯한 기분이 든다.

그로부터 며칠 후 우리 집에서는 여느 때처럼 신년회가 열렸다. 이 모임은 내가 태어나기 전인 꽤 옛날부터 열리고 있다. 어린 시절 우리 남매와 자주 놀아주셨던 아버지 후배가 부모님이 돌아가신 후에도 찾아와주셨다.

엄마는 생전 규슈 출신의 그분을 위해 정월 초하루에는 닭찜을 만드셨다. 올해는 내가 안주인 역할을 맡은 후 처음 있는 모임이다. 옳거니, 닭찜을 한번 만들어볼까?

여러 가지 뿌리채소와 닭고기를 넣고 조리는 닭찜은 만들고 나면 양이 굉장히 많기 때문에 혼자 사는 나로서는 평소 잘 하지 않는 요리다. 게다가 뭔가 새로운 것에 도전하지 않는 성격이라 더

욱이 한 번도 만들어보지 않은 요리를 손님한테 선보인 적이 거의 없다. 하지만 닭찜은 신년회에서 늘 상에 오르는 메뉴였기에 처음 만들어보는 요리를 손님에게 내놓는 터무니없는 행동을 하게 된 것이다.

기억을 더듬어가며 재료를 사고, 인터넷으로 요리법을 확인한다. 우와, 인터넷이란 참 편리하구나.

조림 요리를 할 때는 재료를 일일이 데쳐야 해서 꽤 번거롭지만 닭찜은 한꺼번에 넣고 조릴 수 있기 때문에 비교적 간단하다. 근데 '무를 넣었는지, 안 넣었는지' 도무지 기억이 안 난다. 찾아본 요리법 재료에는 무가 적혀 있지 않았지만 엄마가 만든 닭찜에는 항상 무가 들어 있었던 것 같은데……

이웃집 부인에게 "닭찜에 무를 넣던가요?" 하고 물으니 "보통은 안 넣지만 요즘은 넣는 사람도 많아요. 무를 넣으면 국물을 빨아들여서 좋거든요"라고 하기에 무를 넣기로 결정!

여러 가지 뿌리채소를 대충 자른다. 곤약은 뜯어서 데치고, 토란도 삶는다. 먼저 닭고기를 볶다가 채소도 함께 볶은 후, 조린다. '요리가 너무너무 즐겁다'는 성격은 아니지만, 설 연휴처럼 일도 없고 한가할 때 요리에 몰두하는 게 좋다.

일에 쫓길 때도 뭔가 만들고 싶다는 생각이 몽글몽글 피어오를 때가 있다. 요시다 센샤 일본의 만화가는 『도피 밥(逃避めし)』이라는 책을 냈다. 일과 현실에서 도피하듯이 음식을 만들어버리는 요리

책. 그 느낌, 아주 잘 알지. '도피 네일'이라거나 '도피 게임'이라거나 사람마다 도피하는 버릇이 다양하겠지만 나는 전부에 해당하는 것 같다.

하지만 설날에는 도피했다는 죄책감 없이 요리를 즐길 수 있다. 거품을 걷어내고, 적당히 조미료를 넣고⋯⋯. 아아, 이 냄새. 엄마가 만들어주던 닭찜 냄새다.

엄마는 요리를 굉장히 좋아하셨다. 하지만 '여자는 결혼하면 싫어도 집안일을 하게 될 테니 굳이 지금부터 할 필요 없다'는 독자적인 방침에 따라 내게 집안일을 강요하지 않으셨다. 특별히 요리를 배운 기억도 없다.

엄마의 예상과는 달리 딸은 결혼할 기회를 갖지 못한 채 자신이 먹고 싶다는 이유로 요리를 하게 되었다. 우리 집안만의 떡국 요리법도 배우지 못 했지만 대충 이렇겠거니 상상하며 만든다. 기본은 같지만 새로운 재료로 내가 좋아하는 표고버섯을 넣어본다.

닭찜도 엄마한테 못 배웠기 때문에 적당히 조미료를 넣어본다. 흠, 어떨지.

드디어 신년회 당일, 매년 메인 요리는 샤브샤브로 정해져 있지만 반찬으로 닭찜을 내자

"어머! 설마 준코가 이런 것을 만들 줄이야⋯⋯"

아버지 후배는 깜짝 놀란 모습이다. 설거지 외에 집안일이라고는 전혀 돕지 않던 딸이었기 때문에 요리를 했다는 사실만으로도

깜짝 놀란 것이다.

"응, 맛이 꽤 괜찮네. 오케이!"라고 말씀하시며 한 그릇 가득 잡수셨다.

이야기꽃을 피우며 모임은 무사히 끝났다. 그리고 그날 밤 그분께서 메일을 보내셨다.

'요시코 씨(엄마)의 닭찜을 100점이라고 하면 준코는 78점의 성적. 말하자면 요시코 씨가 젊은 시절 해주시던 맛이 떠올라 살짝 울컥했다.'

78점이라는 미묘한 점수에 '맛이 별로 없었나?' 하며 남은 닭찜을 한입 먹어본다. 음, 보통 이런 맛이 아닌가. 내년에는 80점이상을 목표로 요리 솜씨를 키워야겠다.

라
오
스

xx월 xx일

태어나 처음으로 라오스라는 나라에 가게 되었다. 입양까지는 아니지만 후원하고 있는 여자아이가 라오스에 있어서 그 아이를 만나러 가는 것이다.

나는 라오스라는 나라에 대해 잘 모른다. 종종 미얀마나 베트남 등과 헷갈릴 정도다. 기초 지식이라도 알고 있어야 할 것 같아 서점에 가보니 라오스 관련 서적은 매우 적었다. 아시아 코너에도 중국이나 한국 관련 책은 책장을 가득 채우고 있었지만 라오스에 관한 책은 몇 권 없었다. 캄보디아나 베트남 쪽이 훨씬 많았는데, 그 사이에 라오스 관련 책이 끼여 있었다.

서점에서의 존재감과 마찬가지로 라오스는 여러 나라에 둘러싸인 내륙 국가다. 인도차이나 반도에 자리 잡고 있으며 북쪽에는 중국과 미얀마, 동쪽에는 베트남, 남쪽에는 캄보디아, 그리고 서쪽에는 태국이 위치해 있다. 5개국에 둘러싸인 가늘고 긴 국가로, 면적은 일본 혼슈 정도. 그러나 인구는 도쿄 주민의 절반으로, 인구 밀도가 매우 낮다. 게다가 경제 규모는 돗토리현의 3분의 1 정도로, 세계에서 가장 가난한 나라 중 하나다. 또한 부끄럽게도 전혀 몰랐던 사실인데, 이 나라는 사회주의 국가이기도 하다.

아무튼 오랜만에 한 번도 방문한 적 없는 나라로 떠난다. 젊었을 때는 지금보다 훨씬 더 자주 해외여행을 떠났다. 요즘 젊은이들은 자주 해외로 나가지 않는다고 하지만, 그 시절 젊은이들은 해외여행을 많이 다녔다.

적극적으로 새로운 세상을 향해 돌진하는 성격이 아니라 하나둘 유학을 떠나는 친구들을 보면서 '그렇다면 나도'라는 생각은 하지 않았다. 내가 요즘 시대의 젊은이였다면 '귀찮다!'며 해외에 나가지 않는 타입이었으리라. 하지만 시대 분위기에 휩쓸려 그런 나도 80년대와 90년대에는 이러니저러니 하면서 해외여행을 다녔던 것이다.

나이가 들자 본래 성격이 드러나 해외로 나가는 일이 귀찮아졌다. 큰 짐을 들고 공항에 가서, 오랜 시간 비행기를 타고 말이 통하지 않는 세상에서 여러모로 긴장하는 일……. 생각만 해도 마음이 쪼그라드는 것 같다.

반면에 국내여행은 아주 편하기 그지없다. 도쿄 역에서 열차를 타면 금방 바다나 산으로 갈 수 있고, 어디에서나 말이 통한다. 밤거리를 혼자 다녀도, 혼욕하는 온천에 홀로 들어가도 신변에 위험 느낄 일이 없다. 그런 이유로 나는 국내여행에만 치중하는 날들을 보내고 있었다.

그 와중에 오랜만에 '처음 가보는 나라'를 방문한다. 긴장된다. 국내여행이라면 10분 만에 여행 준비를 했겠지만 이번에는 허둥지둥하며 짐을 싼다. '방문하는 마을에는 수도가 없다고 하니까 화장을 지우는 티슈가 필요해' '음, 위장약, 설사약, 변비약, 비타민제, 감기약, 벌레 물린 데 바르는 약……' '보조 가방은 어디에 뒀더라?' 하며 우왕좌왕한다. 해외여행 근육이 완전히 쇠약해져 버렸음을 실감한다.

라오스에서 휴대폰을 사용할 수 있는지 알아보는 데도 고생이 이만저만 아니었다. 라오스라는 나라의 상황을 고려해서 일단 도코모샵에 문의하니 이러저러해서(도코모샵 직원의 말은 늘 무슨 주문처럼 들린다) 내 스마트폰을 그대로 가져가면 요금이 무척 많이 나온다고 했다. 따라서 무엇무엇을 하라는 말을 들었다.

무엇무엇을 하려면 인터넷이나 전화를 이용하는 방법이 있다고 한다. 인터넷을 이용하는 편이 저렴하다고 해 도전해봤지만 컴퓨터 화면에 나타나는 정체불명의 말들. 짜증이 치솟아 전화를 걸었다. 친절한 언니가 자세히 가르쳐주었다.

'조금 비싸더라도 사람이 직접 가르쳐주는 방법이 안심되지'라고 생각하자 새삼 나이 든 느낌이다. 옛날에 할아버지나 할머니는 카메라 사용법을 몰라 카메라를 통째로 들고 카메라 매장에 가서 필름을 교환하곤 했었다. 그만큼 값은 비싸지만 몰라서 그러는 만큼 어쩔 수 없는 일이다. 전자제품 매장만 해도 상품을 선택해서 구입하는 것부터 애프터서비스까지 전부 처리해주기를 바라는 어르신들 존재 덕분에 동네 상가가 먹고 사는 것이다.

그런 어르신들을 어느 정도 우습게 알던 나였는데, 지금은 내가 그런 입장이 되었다. 잘 모르는 분야일 경우 인터넷으로 일을 처리하면 매우 불안하다. 사람에게 직접 물어보고 싶어진다.

NTT 도코모샵의 친절한 직원들 덕분에 어찌됐건 라오스에서도 휴대폰을 사용할 수 있게 됐다. 직원들도 평소 이렇게 '뭘 모르는지조차 모르는' 사람들을 상대하려면 꽤 힘들 거라고 생각한다.

xx월 xx일

라오스에서 무사히 돌아왔다. 처음이었지만 처음이 아닌 것 같았던 나라, 이것이 라오스의 인상이었다. 많은 국가에 둘러싸여 주변국의 영향을 받고 있는 라오스. 지금까지 가봤던 태국이나 캄보디아와 비슷한 면도 많았고, 아무튼 같은 아시아 국가라는 의미에서 친밀함도 느껴졌다. 역시 아시아는 좋구나…….

그렇더라도 처음 방문한 나라에서는 처음 겪는 일투성이다. 라오스 말('안녕하세요'는 '싸바이디')을 듣는 것도 처음. 수도도 가스도 없는 마을에서 홈스테이 하는 것도 처음. 라오스항공을 타는 것도 처음. 코끼리를 타는 것도 처음. 그러고 보니 모기장을 치고 자는 것도 처음이었다.

마을에서 홈스테이를 마치고 들른 루앙프라방이라는 도시도 처음이었다. 이곳은 과거의 수도로 절이나 승려가 많은데, 일본으로 치면 교토 같은 관광지다.

루앙프라방에 서양인이 너무 많아서 놀랐다. 여행의 세계에서는 라오스가 '지금 방문해야 할 장소!'가 된 듯 젊은 배낭 여행객부터 유복해 보이는 고령자에 이르기까지 오리엔탈리즘을 추구하는 유럽인들로 가득했다.

중국인이나 한국인 관광객 모습도 눈에 띄었다. 옛날 같았으면 일본인도 있었을 텐데, 일본 국력의 쇠퇴를 실감한다.

오밤중 상점가를 걷고 있는데 오랜만에 일본어가 들려왔다. 반가워 뒤돌아보니 긴 레게머리의 라스타파리아니즘 자메이카 현대사에서 그들의 자생적인 음악과 종교가 실천적으로 결합된 문화운동 활동가로 보이는 남자와 여자, 그리고 그들의 자녀로 보이는 아이 세 명이 함께한 일본인 가족이었다. 아시아를 방랑 중인가? 코스프레한 듯한 미친 존재감이었다.

다음 날에는 석양의 명소라는 약간 높은 언덕 위에 위치한 사원에 갔다. 초록색 나무들 사이로 빨간 지붕의 건물이 간간이 보였다. 저 멀리 산 너머로 가라앉는 저녁놀. 아름다웠다. 어느 관광지에서나 그렇듯 세계 여러 나라의 언어가 들려와 마치 바벨탑에 서 있는 느낌이었다.

'퓨~, 퓨~.' 그 순간 수수께끼 같은 피리 소리가 갑자기 들려왔다. 뭐지? 되돌아보니 어제 상점가에서 봤던 레게머리 가족의 부인이 바위 위에 책상다리를 하고 앉아 눈을 감고 열심히 케나(다나카 겐 일본 배우이 연주한 걸 본 기억이 있다)를 불고 있었다. 라스타파리아니즘은 종교의 일종이라고 하던데, 뭔가 종교적인 의식인 걸까?

누가 봐도 세속적인 관광객과 저물어 가는 저녁놀과 함께 해탈을 지향하며 케나(아마도)를 초연히 연주하는 일본인. 그 속에 끼어 얼굴이 살짝 붉어졌던 건 저녁놀 탓만은 아니리라. 해외에서 외국인을 만나는 일도 자극적인 경험이겠지만 동포를 만나는 것 또한 마찬가지로 자극적이다. 가끔은 해외여행하는 것도 나쁘진 않네……

xx월 xx일

며칠 후에 도야마로 향했다. 이쪽은 확 다른 풍경으로 폭설이 내린다. 하얀 눈이 기세 좋게 펑펑 내리며 쌓인다. 라오스 사람들은 내 디지털카메라 속에 저장된 겨울 눈 풍경을 신기하게 봤었는데 그 사람들에게 이 모습을 보여주고 싶다.

눈 내리는 풍경을 그저 바라볼 때는 로맨틱하다. 하지만 돌아갈 시간이 다가오자 점점 불안해졌다. 만약 비행기가 못 뜨면 어떡하지?

마지막 비행기 편을 예약했기 때문에 결항되면 하룻밤 더 묵을 수밖에 없다. 일찌감치 비행기를 포기하고 철도를 이용할까? 아니면 그냥 '날아가는' 방법에 걸 것인가? 한참 고민하다가 결국 후자로 결정.

공항에 도착하니 승객들은 모두 불안한 표정이다.

"괜찮아, 지금껏 탈 예정이었던 비행기가 결항한 적은 한 번도 없었으니까"라며 호언장담하는 아저씨도 있다. 나도 지금까지 예정된 비행기를 놓친 경험은 있지만(왕코국수를 먹는 도중에 포기할 수가 없어서 비행기를 놓치고 말았다) 비행 자체가 취소된 적은 없었다. '설마, 괜찮겠지'라고 생각하고 있는데, 결과는 결항. 낙담한 목소리가 공항 로비로 퍼져나간다.

그러나 바로 그때, 약간의 해방감을 느꼈다. 더 이상 이곳에서 해야 할 일도 없고, 도쿄의 일도 급하지 않다. 갑작스럽게 주어진, 완전히 붕 떠버린 시간.

시내로 돌아와 태어나서 처음으로 비즈니스 호텔에 투숙해본다. 최근 새로 생긴 비즈니스 호텔은 어느 곳이나 설비가 깨끗하다. 겨울철 방어와 곤이처럼 몸에 좋다는 음식은 잔뜩 먹었기 때문에 인스턴트 음식에 대한 강렬한 욕구가 치솟는다.

'라면과 교자로 할까……'

도야마 지방의 명물이라는 블랙 라면 가게로 향한다.

정말이다. 국물이 새까맣다! 만두도 맛있다.

호텔 방으로 돌아와 커피를 마신 후 욕조 안으로 들어간다. 바깥에는 눈이 내린다. 독무덤처럼 생긴 욕조 속에서 무릎을 끌어안고 앉아 우연히 찾아온 고독에 심취한다.

xx월 xx일

친구네 집이 도쿄에서 이사한다는 소식을 들었다. 어린아이가 있어서 방사능이나 지진이 불안했던 모양이다. 그런 사람들이 늘고 있다는 이야기는 들었지만 내가 아는 사람 중에는 처음이다.

이사 소식을 들었을 때 지금까지 한 번도 느껴보지 못한 감정이 들었다. 섭섭함과 불안감, 초조함. 이런 정동이 일본 전역에서 계속되고 있다.

동창회

xx월 xx일

올해는 올림픽이 열리는 해인데, '올림픽!' 하면 동창회가 떠오른다. 우리 동창들 사이에서는 사 년에 한 번 올림픽이 개최되는 해에 고등학교 동창회가 열리기 때문이다.

반영구적인 간사 멤버가 정해져 있는데 어째서인지 나도 그 안에 속해 있다. 간사라거나 임원 같은 일에서는 제일 먼저 도망치는 나인데, 동창회 활동의 중심인물이 '이런 일은 전업주부보다는 바쁘게 일하는 사람이 맡는 편이 좋아. 그러니까 너도 해'라며 억지로 떠맡겼다.

그런 이유로 기혼, 미혼에 상관없이 일하는 여성들로만 이루어진 동창회 간사팀. 평소에는 얼굴을 마주할 기회가 별로 없지만 사 년에 한 번 간사 일을 하다 보니 점점 서클 활동처럼 되어갔다.

'일과 육아에 쫓겨서 이제 간사 일은 그만하고 싶지만, 이렇게 모여 시시껄렁한 소문을 떠들며 준비하는 것도 즐거워서 도저히 그만둘 수가 없어!'라며 성실하게 모인다.

동창회 간사는 개인정보를 다룬다. 출결석을 확인하다 보면 결혼과 이혼, 수험의 성패 소식이 저절로 귀에 들어온다.

"겉으로 보이는 리스트 말고도 다양한 정보가 기록된 블랙리스트도 생기잖아."

"내가 죽을 때 그 장부의 존재를 없애기 위해 당신을 병상에 부를지도 몰라."

동창회 회의가 이처럼 샛길로 빠지기도…….

동창회와 관련된 작업도 세상이 변하면서 함께 달라졌다. 옛날에는 참석자에게 동창회 명부를 배포했었는데, 개인정보보호법이 생긴 뒤로 그럴 수 없게 되었다. 주소를 모르는 동창의 정보를 수소문해서 연락하니 자신의 개인정보를 어떻게 알았느냐며 화를 내는 사람도 있었다.

IT 영향도 크다. 옛날에 기껏해야 워드프로세서로 작성했던 명부는 이제 컴퓨터가 대신하고 있다. 또한 컴퓨터 검색 기능도 매우 도움이 된다.

인간이란 존재는 수단만 있으면 어떤 일이든 해낼 수 있는 것이다. 소식을 모르는 사람의 특기나 취미 등을 열심히 떠올려 찾아보니 근무처가 밝혀졌다거나 고등학교 시절 명부에 게재된 예전 주소를 구글 어스로 조사해보니 아직도 그곳에 살고 있다거나.

"하지만 그렇게까지는 좀…… 그건 탐정이 할 일이지."

"그러니까 개인정보는 유출해서는 안 되는 거야"라고 떠든다.

그리고 이번 동창회 준비 작업에는 새로운 방법이 도입되었다. 바로 페이스북. 페이스북은 기본적으로 지인들과 연결되어 있는 SNS이므로 동창회에 어울린다.

페이스북에 동창회 그룹을 만들어, 친구들을 초대하기로 했다. 그러면 동창들이 알아서 자신의 친구인 또 다른 동창을 그룹에 초대할 것이다. 이런 식으로 자연스럽게 멤버가 늘어나겠지. 옛날처럼 일일이 탐정처럼 찾아내지 않아도 소식이 끊겼던 친구를 저절로 발견할 수 있지 않을까.

"정말이지, 동창회를 위해 만들어진 듯한 시스템이네."

우리는 고개를 끄덕였다.

이래서 다른 때보다 훨씬 더 수월하게 진행된 동창회 작업.

"우리도 이제 나이가 들었으니 일을 자꾸 줄여 나가야 하지 않겠어? IT라니, 정말 고맙지 뭐야!"라며 손뼉을 치는데 문득 떠오른 생각.

'다음 동창회 때는 모두 쉰 살이 되어 있는 거 아냐?'

오오, 마침내 인생의 절반이 시야에 들어오다니.

"쉰 살 때는 동창회를 데코쿠호텔에서 해볼까?"

"어머, 그것도 좋네!"

간사회 멤버들은 이제 입에서 나오는 대로 말을 내뱉는다.

xx월 xx일

올해는 눈이 많이 내렸다. 그리고 설국을 방문할 기회도 많았다. 눈이 소복소복 쌓이는 니가타 밤길을 걸으며 '눈이 내리니 좋네'라고 생각한 바로 그 순간 미끌거리며

'꽈당!'

하는 소리가 들리는가 싶더니 요란스럽게 넘어진 나. 일순간 몸이 완전히 옆으로 넘어져 허공에 떠버렸다. 코미디에서나 등장할 법한 장면이 연출되었으리라. 오른쪽 팔과 오른쪽 허리를 땅에 박았고, 가방은 손에서 떨어져 저 멀리 휘익 날아갔다.

넘어졌다는 사실 자체가 굉장히 오랜만이어서 순간 멍해졌다. 눈길에서 이렇게 요란스럽게 미끄러진 것도 처음이다.

인간이라는 존재는 비상사태에 직면하면 그냥 있는 그대로의 상황만 입 밖에 내지 못하는 모양이다.

"너, 넘어져버렸네……"

'보면 아는 당연한 일'을 말로 내뱉는 나. 설국 출신으로 눈에 익숙한 일행은 "이래서 도쿄 사람은" 하며 싱글거린다. 『북월설보(北越雪譜)』를 보면 '따뜻한 지방의 사람들은 눈을 보면 아름답다느니 뭐니 하며 떠들지만, 설국의 갖은 고통을 그들은 모를 것이

다'라고 쓰여 있다. 설국 주민들은 이따금 설경에 멍해져 있다가 넘어져버리는 따뜻한 지방 사람을 보면 아주 조금은 속 시원해하겠지. 팔과 허리의 통증과 함께 도쿄로 돌아간다.

xx월 xx일

넘어진 충격에서 깨어나지 못하고 있던 어느 날 아침, 로션 병이 손에서 미끄러져 떨어졌다. '쨍그랑' 하고 들리는 불온한 소리. 안경을 쓰고 있지 않아 거의 보이지 않았지만 떨어진 병이 아래에 놓여 있던 안경을 직격한 듯하다.

잘 보이지 않는 눈을 비비자 분명 조금 전까지 하나로 보였던 안경이 두 개로 나뉘어 보인다. 집어 들고 확인해보니 코 부분에서 완전히 두 개로 동강 나 있는 것이 아닌가?

안경을 쓰지 않는 사람들은 '기껏해야 안경 하나 깨진 것뿐'이라고 말할지도 모른다. 하지만 내 얼굴은 이미 안경과 하나가 되어 있다. 콘택트렌즈를 사용한 적이 없기 때문에 내 맨얼굴이 어떤 모습인지도 잘 모른다. 그래서 안경이 깨져버린 사건은 얼굴 일부가 사라진 것과 마찬가지. 또 다시 비상사태에 직면한 나는 "안경이 깨졌네……"라며 사실 그대로의 상황만 중얼거린다.

안경을 소중히 여겼기 때문에 안경을 깨뜨린 일은 이번이 처음이다. 과거 한 번 정도 '사용하던 안경을 갑자기 사용할 수 없게 된' 적이 있었는데, 그건 먼 대학 시절 때 일이다.

수상스키부 활동을 했던 당시의 나는 그때 노지리코 호수에서 합숙을 하고 있었다. 수상스키를 탈 때는 당연히 안경을 벗어야 하는데 안경은 이미 얼굴의 일부와 다름없었기에 나도 모르게 안경을 쓴 채 물속으로 들어가버린 것이다.

"어이, 사카이, 안경!"

보트를 타고 있던 선배한테 지적을 받고 '아참, 그렇지' 하며 다시 보트로 헤엄쳐 다가가 물속에서 안경을 벗고서 그대로 선배에게 안경을 획 던진 그 순간

"앗⋯⋯" 하고 선배는 안경을 놓쳐버렸다. 물속에 빠져 천천히 가라앉던 안경. 노지리코 호수 물은 매우 투명해서 '안돼!' 하고 외치는 동안 물속으로 가라앉는 안경을 확인할 수 있었다. 이미 수상스키 보드를 신고 있어서 해녀처럼 잠수해 들어갈 수 없었다.

그렇게 깊은 노지리코 호수에 가라앉아버린 내 안경. 지금쯤 틀림없이 나우만코끼리 화석과 함께 호수 바닥에 조용히 잠들어 있겠지.

그 이후 옛날에 쓰던 안경, 보안경 등 예비 안경을 몇 개나 갖고 다닌다. 하지만 나는 안경에 관해서는 고집스러운 면이 있다. 마음에 든 안경만 계속 끼는 것이다. 망가진 안경은 최근 오 년 동안 나와 함께 지낸, 특별히 아끼는 안경이었다.

예비 안경을 써보지만 아무래도 어색하다. 서둘러 안경점에 가니 '뉴욕에 문의해서 교환 부품이 있는지 확인하겠다'고 한다.

어쩜 좋니, 내 사랑하는 안경. 망가진 안경 때문에 큰 충격을 받았는데, 고등학교 시절부터 다니던 그 안경점에서는 "최근 가까이 있는 것이 잘 보이지 않아요"라고 말하는 내게

"여고생이었던 사카이 씨가 이제는 노안이라니……."

하며 충격을 받는다.

……아, 그렇습니까?

xx월 xx일

대지진으로부터 일 년이 지났다. 텔레비전에서는 연일 재해를 되돌아보는 프로그램이 방영되고 있다. 아직 아무것도 끝나지 않았다는 사실을 실감한다.

그날 그 순간의 일이 떠오른다. 이전까지 나는 내 삶에서 전쟁이건 지진이건 큰 재앙을 만날 일은 없을 거라고 막연히 생각했다. 재해로 인한 큰 상처 앞에서 그저 망연할 수밖에 없었던 그날.

피해지와는 비교도 할 수 없겠지만 그 순간부터 변해버린 도쿄도 떠오른다. 텅 비었던 슈퍼의 진열장, 계산대 앞으로 길게 늘어선 행렬, 모두가 열심히 절전에 힘썼고, 그 습관은 지금도 이어지고 있다. 그리고 그때 사람들은 모두 따뜻했다.

엄청난 상처 앞에서 우리는 멈춰서 생각했다. 과연 계속 발전하는 것만이 선이고 옳은 일인가 하고. 마침 그 시기에 도쿄 스카이트리 세계에서 가장 높은 자립식 전파탑가 완성되었다는 사실은 정말

아이러니하다. 구약 성경 창세기에서 인간은 '자, 성읍을 짓고 꼭대기가 하늘까지 닿는 탑을 세워 이름을 날리자' 말하며 바벨탑을 세우려고 했다. 인간의 그런 행동에 분노한 하나님은 그때까지 같은 말을 쓰던 인류의 언어를 흩어놓으셨다. 이 이야기는 분수를 넘어선 발전은 불길한 것이라는 사실을 우리에게 가르쳐주고 있다. '더욱 높이'를 외치며 건설된 스카이트리의 존재는 이런 시대와는 어울리지 않는 듯하다.

그런데 예를 들어 추위에 떨며 강가에서 빨래하는 어머니를 안타깝게 여긴 아들이 세탁기를 개발한 것이 발전의 '동기'라고 치자. 그렇다면 '이런 발전은 좋고, 저런 발전은 좋지 않다'라는 구분은 어떻게 할 수 있을까? 스카이트리에 질색하는 나도 사실 도쿄 타워는 좋아한다. 333미터의 도쿄 타워와 634미터의 스카이트리 사이에 '발전은 여기까지'라는 선이라도 그어져 있는 것일까? 아직 '발전을 멈춰야 할 경계선'을 찾아내지 못하고 있다.

꽃
가
루
알
레
르
기

봄이다. 화창한 봄 햇살. 아직 모기도 없고, 날씨도 좋은 이 계절이 가기 전에 잡초를 확실히 뽑아놔야겠다며 열을 올려 정원을 가꾼다.

땅을 보니 겨울 동안 자취를 감췄던 개미들도 열심히 일하고 있다. 개미집 옆에 쭈그리고 앉아 작은 모래를 한 알씩 옮기는 일개미의 모습을 한동안 바라본다. 어릴 때는 개미집에 물을 붓거나 하며 장난을 치기도 했지만 그건 노동의 존엄성을 모를 때의 행동이었다.

개미들을 밟지 않도록 조심하며 풀 뽑기 노동에 열중하고 있는데 갑자기 재채기와 콧물이 끊임없이 나온다. 어디 아픈 곳도 없고 건강한데 이건 뭐지? 집 안으로 들어가도 멈추지 않는 재채기와 콧물. 설마, 이거 꽃가루 알레르기인가?

나는 지금까지 꽃가루 알레르기와는 무관하게 잘 지내왔다. 봄만 되면 알레르기 때문에 고생하는 사람들의 마음을 전혀 이해하지 못한 채 그저 딱하다고만 생각했던 것이다.

인간의 몸속에는 저마다 '꽃가루 저장 단지' 같은 것이 있고, 그 단지가 가득차면 알레르기를 일으킨다는 이야기를 들은 적이 있다. 조금 전 정원에서 풀 뽑기를 하는 동안 내 꽃가루 단지는 그 허용량을 넘어서 깨져버렸는지도 모른다. 설마 내가 꽃가루 알레르기에 걸리다니, 충격이다.

도저히 콧물이 멈출 것 같지 않아 진절머리가 나면서도, 한편으로는 봄의 힘이 실감났다. 이제껏 봄은 온화하고, 평화롭고, 화창한 계절이라고만 생각했다. 그러나 요즘 봄은 사계절 중에서도 가장 강력하고, 격렬한 에너지를 품고 있는 계절이라는 생각이 든다. 겨울 동안 말라붙어 있던 초목이 서서히 싹을 틔우고, 꽃을 피우며, 벌레들은 땅속에서 얼굴을 내밀고, 기압의 변화는 강풍을 일으킨다. '평화롭다'거나 '온화하다'라는 말보다 거의 폭력적이기까지 한 강력한 계절이 아닌가? '추위' 안에서 안정되어 있다가 봄이 되면 갑자기 건강이 나빠지는 사람도 많다. 봄에 나는 죽순이나 산나물도 사실은 강렬한 떫은맛을 감추고 있다. 봄은 귀여운 얼굴을 하고 있지만 알고 보면 강렬한 계절이다. 봄을 우습게 봐서는 안 될 것이다.

가을에 입학식을 하는 대학이 늘어나고 있는 듯하지만, 왜 사람들 대부분이 봄에 입학식을 하고 싶어 하는지 그 마음도 이해할 수 있을 것 같다. 나무가 싹을 틔우는 날씨와 긴장감으로 코피가 터질 듯한 부담감을 느끼고 있을 신입생들의 모습은 어딘가 닮아 있기 때문이다. 그런 그들을 보고 있는 나도 코피가 터질 것 같아 머리가 띵해지는 것은 짙은 봄기운 탓일까, 아니면 꽃가루 알레르기 탓일까?

xx월 xx일

후쿠시마의 이자카 온천에 와 있다. 후쿠시마 청년들이 개최한 'FOR 좌 REST 대학'이라는 기획 행사에 참가하기 위해서다.

2006년부터 개최되고 있는 이 행사는, 작년엔 재해로 인해 가마쿠라에서 개최되었다가 올해 다시 후쿠시마로 돌아왔다. 대학 축제처럼 음악과 예술, 다양한 문화에 관한 '강의'로 이루어져 있다. 이번엔 호소노 하루오미 일본 뮤지션, 하나레구미 일본 뮤지션, 안 샐리 일본 싱어송라이터, 콘도스 일본 현대무용 그룹 등 초대 강사도 매우 호화롭다. 그리고 보잘 것 없는 내가 도호쿠 사랑과 후쿠시마 사랑에 관해 지역 젊은이들과 함께 이야기하는 강의를 맡게 되었다.

이자카 온천의 큰 여관에서 참가자, 스태프, 출연자가 뒤섞여 이곳저곳에서 먹고, 마시고, 수다를 떤다. 굉장히 즐겁다. '급식소'

라고 이름이 붙은 방도 있는데, 그곳에서는 교자와 카레처럼 지역의 맛있는 음식을 먹을 수 있다(후쿠시마는 사실 교자로 유명한 곳이기도 하다). 급식소에서 우연히 만난 사람들끼리 맛있는 음식에 관한 이야기에서부터 원자력발전소에 관한 이야기까지 대화가 끊이질 않는다.

스태프로 일하는 젊은이들은 모두들 상큼해서 기분이 좋다. 그들과 이야기를 나누면 누구나 후쿠시마를 좋아하게 될 것이다. 그들은 후쿠시마에서 사람들을 불러 모으는 이벤트를 개최했다는 이유로 인터넷상에서 비난받은 적도 있다고 했다. 하지만 참가자들은 모두 스스로 판단하고, 선택해 후쿠시마에 찾아왔다.

후쿠시마를 떠올릴 때 '가도 될지, 가서는 안 될지' 망설여질 것이다. 방사능 문제뿐만 아니라 '지금의 후쿠시마를 보고 싶다'는 마음이 지역 사람들에게 오히려 상처가 되는 것은 아닌지, 그런 걱정도 들 것이다.

그러나 그들은 '와주시면 좋겠어요. 정말 기뻐요! 후쿠시마에 왔는데 별 재미없었다는 말은 듣기 싫어요. 그래서 여러 가지 즐거운 일들을 많이 보여드리고 싶어요'라고 말한다. 나는 오길 잘했다고 생각했다.

원자력발전소 사고 후, 그들은 히로시마나 나가사키 그리고 오키나와처럼 고통을 겪은 지역민들의 마음을 잘 이해할 수 있게 되었다고 말했다. 그리고 그 고통에 공감하는 사람들은 후쿠시마 사람에게 매우 친절하다고도 했다.

밝고, 활기가 넘치고, 멋진 후쿠시마의 젊은이들 내면에 숨겨진 슬픔은 헤아릴 수 없을 정도다. 하지만 전례가 없는 사태가 계속 이어지고 아무도 정답을 가르쳐주지 않는 상황 속에서 어떻게든 괴로움을 극복하고자 움직이는 그들의 모습은 눈부시게 빛나고 있다.

행사가 깊어가는 밤, 여관의 한 방에서 나는 함께한 친구들, 지인들과 흥분에 겨워 계속 수다를 떨고 있었다. 갑자기 노크 소리가 들려 문을 열자 그곳에는 앞치마를 두른 수상한 미녀가 서 있었다.

아, 그러고 보니 조금 전 여관 안주인이 '침술이나 마사지는 어떠세요?'라고 물어서 '하겠다!'고 답했었지. 행사 책자에도 '슈퍼 침술사'가 참가했다고 쓰여 있었지만, 이렇게 아름다운 침술사라니…… 슈퍼라기보다는 '절세미인 침술사!'

곧바로 침술사에게 몸을 맡겼다. 평소 마사지를 받아본 적은 있지만 침술은 약간 무서워서 받아보지 않았다. 친절한 분위기에 몸을 맡기는 동안 어느새 몸 이곳저곳에 바늘이 꽂힌다. 그리고 인생 최초로 뜸에도 도전!

뜸이라고 하니 어렸을 때 할머니가 자주 했었다는 사실이 떠오른다. 할머니는 몹시 아픈 듯한 표정으로 뜨거움을 견뎠고, 불에덴 흔적 같은 것이 할머니 몸에 남아 있어서 '뜸만은 절대로 하지 말아야지' 하고 생각했는데……

그러나 절세미인 침술사는 '생강 뜸'이라는 걸 준비해줬다. 얇게 썬 생강 위에 뜸을 올리고 불을 붙이기 때문에 그리 센 뜸은 아니다. 얼마나 뜨거울까 긴장했지만 견딜 수 없어지기 전에 뜸을 치워주셔서 전혀 아프지 않았다. 뜸도 발전한 것이다.

배 위에 올린 뜸에서는 연기가 폴폴 솟아오르고, 머리에는 바늘이 꽂힌다. 목욕을 마치고 돌아온 지인은 '뭐, 뭐야!' 하며 내 모습에 깜짝 놀라지만 정작 나는 아주 편안하다. 너도나도 해달라며 지인들이 침술 순서를 기다리는 동안 완전히 깊은 잠에 빠져들었다. 침술사는 '미인 침'이라는 기술도 갖고 있다고 하니 다음에는 그쪽에 도전해보기로…….

xx월 xx일

신주쿠 역에서 야마노테 선을 탔다. 조금 혼잡해서 자리에 앉지 못했기 때문에 손잡이를 잡고 창밖을 바라본다. 마침 겨울 동안 존재감을 잃었던 벚나무들이 자신만만하게 이곳저곳에서 꽃을 활짝 피우며 자랑하고 있다.

그러다 문득 뭔가가 엉덩이를 건드리고 있다는 걸 깨달았다. '전철 탔을 때의 매너를 아직 모르는 신입생들이 많은 건가. 가방인지 뭔지가 삐죽 튀어나와 있는 사람이 있나 보다'라고 생각하며 엉덩이를 바라보니, 그것은 가방이 아니라 남자의 손이었다.

음……, 설마해서 자리를 옮겨 옆으로 움직이는데, 움직일 때마다 손이 따라온다. 지금 일부러 만지고 있는 건가?

지금까지 전철 안에서 치한을 만난 적이 없어서 확실한 판단이 서지 않았다. 무엇보다 꽃가루 알레르기 때문에 마스크로 얼굴을 가리고 있는 사십 대 중년 여성의 엉덩이를 누가 과연 만질까 싶었다.

고등학교 시절에는 순박해 보이고, 추행을 당하면 당황해서 어쩔 줄 몰라 하는, 자기주장이 약한 성격이 자주 치한을 만나게 되는 거라고 생각했다. 전철로 통학하지 않았던 덕분에 열여덟 살부터 나는 치한과 전혀 인연이 없었다. 그러나 어린 시절, 변태는 여러 번 맞닥뜨렸다(어린 여자 아이 주변에는 위험이 가득하다! 여러분, 여자 아이를 키울 때는 신경을 써야합니다). 노출광이나 변태는 상대를 고르지 않는다. 닥치는 대로 아무한테나 이상한 짓을 한다. 하지만 전철에 타는 치한은 상대방을 선택한다. ……그러니까 이 나이에 치한이라니 있을 수 있는 일인가? 혹시 이건 푹 우려내 원숙해진 중년 여성의 자의식 과잉인가? 점점 심란해져가는 동안에도 손은 엉덩이에 닿아 있는 이 현실.

마침내 결심한다. '이건 치한인 것으로 하자!'라고. 그러자 바로 그때 눈앞에 빈자리가 생겼다. 순진한 아가씨라면 치한에게서 벗어나려고 자리에 앉지 않고 멀리 도망쳤겠지만, 나는 '치한(이라고 생각한 사람)의 얼굴을 보고 싶다!'는 호기심을 떨쳐버리지 못했다. 재빨리 자리에 앉아 얼굴을 노려본다. 빡빡머리에 삼십 대 후반의 남성. '그래, 이 남자로군……' 하며 생각하고 있는데, 이번에는 그가 자신의 다리로 내 다리를 문지르기 시작했다. 이런, 치한이 맞잖아.

치한은 다음 역에서 내렸다. '안녕, 난생처음 만난 치한이여……'라고 인사를 건네며 벚꽃이 만개한 치한기념일을 잊지 않기로 했다.

그 후 또래 친구들과 만난 자리에서 "나, 전철에서 치한을 만난 거 같아!"라고 의기양양하게 보고하자 "착각한 거 아냐?" "아니면 나이 든 여자를 좋아하는 별종인가?"라는 당연한 반응 외에 "좋았겠네!"라며 부러워하는 사람과 "어쩌면 인기가 회복되기 시작했다는 뜻 아닐까?"라는 긍정적인 의견도 있었다.

고등학생 시절 '전철 안에서 치한을 만났다'며 아침에 교실에서 울던 애였다. 그로부터 한참 세월이 흘러 그 시절 울었던 그 친구가 '좋았겠네!'라고 말하게 되다니.

낫

××월 ××일

항상 다니던 헬스클럽에 '체험 요가교실'이라는 홍보 전단지가 붙었다. 요가라는 것을 해본 적이 없어서 슬쩍 한 번 신청해본다.

스튜디오에 사람들 열 명이 모여 요가교실을 시작한다. 딱 봐도 요가 선생님처럼 생긴 늘씬한 분이 가르쳐준다. 학생 열 명 중 아홉 명은 여성, 나머지 한 명은 남성이다. 청일점이라 어색하겠다는 생각이 든다.

요가란 스트레칭 업그레이드 버전이라고 생각했는데, 막상 시작해보니 꽤 힘들다. 유연성뿐만 아니라 근력도 필요해서 몸 여기저기가 부들부들 떨려온다. 청일점의 남성은 확실히 고전하고 있는 듯 혼자 묘한 자세를 취하고 있는 것이 살짝 웃기다.

하지만 그 남성을 보며 웃고 있을 겨를이 없다. 나 역시 선생님이 가르쳐준 자세를 간신히 흉내 내고 있는 느낌이다. 엉덩이를 세워 거꾸로 V모양을 취하는 자세에서는 머리 쪽으로 피가 몰려 혈관이 끊어질 것만 같았다.

문득 옆 거울을 보니 이마 한가운데에 정말 당장이라도 끊어질 것처럼 뚜렷하게 두 줄의 핏줄이 솟아 있었다. 지렁이 수준이 아닌 우동 면발처럼 상당히 굵은 핏줄로, 아무리 내 얼굴이라도 굉장히 무서웠다. 보통 핏줄은 관자놀이 부근에 생기는 것 아닌가. 그런데 내 경우에는 정말 이마 한가운데를 두 줄의 굵은 핏줄이 세로로 지나가고 있었던 것이다. 다른 사람에게는 이 얼굴을 절대 보여주고 싶지 않다!

굵은 핏줄을 세우며 비틀비틀 요가교실을 빠져나와 담당 트레이너에게 "요가 하다가 이마에 굵은 핏줄이 솟아서 깜짝 놀랐지 뭐예요"라고 말하자 "사카이 씨, 늘 핏줄이 서 있는데요?"라고 답하는 그녀. 평소 조금이라도 머리를 아래로 내리거나 힘을 주면 당장 내 이마에는 굵은 핏줄이 선단다.

지금까지 나 자신이 '굵은 핏줄을 세우는 사람'인 줄은 꿈에도 몰랐다. 그렇게 쉽게 핏줄이 선다니. 그때도, 저때도, 어쩌면 매일 이마 한가운데에 굵고 파란 핏줄이 서 있었다는 말인가?

사실 자기 얼굴에 대해 자기 자신이 제일 모르고 있을지도 모른다. 지금까지 내 굵은 핏줄을 보고도 못 본 척 해준 많은 사람들께 진심으로 감사하다.

휴일, 신주쿠에서 특급 열차를 타고 보소 반도로 향했다. 바닷가에서 전원생활을 즐기는 친구한테 놀러 가는 길이다.

내 몸에는 아와노쿠니 일본 도쿠시마 북부 지역의 옛 이름의 피가 4분의 1 정도 흐른다. 어렸을 때 여름 방학 때마다 소토보에서 해수욕을 즐겼기 때문에 보소 지방에 강한 친밀감을 느끼고 있다. 보소 반도 특유의 마키나무 산울타리가 이어지는 풍경이 눈에 들어오면 그리움과 기쁨이 샘솟는다.

친구가 기르고 있는 똑똑한 강아지와 바닷가에서 놀았고 도로 옆 휴게소에서 토산품을 샀다. 도쿄 옆 지역인데도 보소 반도까지 내려오면 '도쿄 옆'이라는 느낌은 희미해진다. 쇼난처럼 유명한 관광 명소도 아니어서 사람들도 별로 없고, 매우 경쾌했다.

그러고 보니 바닷가에서 살고 싶다며 쇼난으로 이사한 친구는 '바다가 가까워서 좋긴 한데, 이곳 사람들은 묘하게 차림새에 신경 써서 운동복이나 비치 샌들 차림으로는 밖에 나가기가 좀 그래!'라고 말했었지. 그에 반해 보소에서 체육복이나 비치 샌들은 정장 차림에 속한다. 이렇게 홀가분할 수가.

이 지역 출신 주민에게 들었는데 '보소 사람은 갈비뼈 하나가 없다'는 말이 있다고 한다. 옛날 보소의 배에는 '아바라 あばら, 갈비

141

라는 뜻'라는 부분이 없다고 해서 나온 이야기라는데, 기후도 온화하고 태평하니 사람도 '갈비뼈 하나 정도는 없어도 괜찮지 않을까' 하는 느긋한 느낌이 든다. 무슨 뜻인지 충분히 이해할 만하다.

슬슬 내 갈비뼈도 녹아들어 가고 있을 무렵 홈센터로 갔다. 도쿄에서는 좀처럼 갈 기회가 없었는데, 꼭 한 번 가보고 싶었다.

지방 도로 옆에서 흔히 볼 수 있는, 거대한 주차장을 갖춘 거대한 점포 안으로 들어갔다. 처음 보는 맥주 캔이 산더미처럼 쌓여 있는데, 이 홈센터의 자체 브랜드 맥주라고 했다.

'이런 것까지 만들다니!' 하고 놀랐지만 유명 브랜드 맥주보다 싸서 인기 상품이라고 한다.

너무 넓어서 어디부터 둘러봐야 할지 몰랐지만 꼭 사고 싶은 상품이 있었다. 바로 농부 모자다. 정원 일을 하려면 농가의 아주머니가 농사일을 할 때 흔히 쓰는 얼굴 전체를 가리는 햇빛 차단 모자가 필요했던 것이다. 지금까지 슈퍼에서 발견할 때마다 사고 싶었지만 여행 와서 사 가지고 돌아가기에는 조금 부담스러워 여태껏 손을 내밀지 못하고 있었다.

도쿄 아줌마들은 자외선 차단을 위해 챙이 부자연스러울 정도로 넓고, 선글라스처럼 되어 있는 썬캡을 많이 쓴다. 사실 우리 집에도 그게 있지만 얼굴 옆에 햇빛이 닿아서 불안하다. 그래서 '역시 농부 모자가 갖고 싶다'고 생각한 것이다.

모자 코너에 가보니……, 있다, 있어, 농부 모자. 챙 크기도 다양하고, 프릴이나 베일이 달려 있거나 그렇지 않은 것도 있는 등 종류가 다양했다. 당연히 자외선 차단 기능도 있었다.

'떡은 역시 떡집에 가야 많다는 말이 맞네!'

우리는 감탄하며 모자를 골랐다. 나는 표준 모양에 챙이 가장 넓은 모자로, 약간 시크한 체크무늬 모자를 선택했다. 모자 위에 씌우는 방충망(흔히 양봉가가 쓰는 것)도 구입! 이것으로 여름철 모기 대책도 완벽하다.

계속해서 홈센터 안을 어슬렁거리고 있는데 '허리가 굉장히 편안한 작업 바지'라는 걸 발견했다. 이것도 너무 갖고 싶었다. 쪼그리고 앉아 정원 일을 할 때 바지허리가 꽉 조여서 꽤 불편했던 것이다.

카키색이라 편하게 입고 편의점 정도는 갈 수 있을 것 같다. 허리는 굉장히 편한데 다리 부분은 조금 좁다고 생각하니 '장화를 신어야 하니까'라고 말하는 친구. 아하, 그런 거로군. 1,480엔이라는 가격이 조금 비싸다고 생각했지만 구입 결정!

장화 종류가 굉장히 다양했다. 길이도 여러 가지로, 접어서 휴대할 수 있는 장화도 있었다. 나중에는 버선 모양의 장화까지 갖고 싶어졌지만 '아니, 아니, 역시 이건 쓸 일이 없겠지' 하며 냉정을 찾았다.

장화 코너에서는 젊은 여성이 아시아계 외국인 남편에게 장화를 골라주고 있었다. 그는 어딘가의 나라에서 아와노쿠니로 장가를 온 것이겠지. 농업 연수에서 만난 것일까? 옆의 방충망 코너에서는 아내와 뭔가를 의논하는 일본인 남성의 모습이 보였다. 현재 일본의 1차 산업을 지탱하는 사람들이 이곳에 있다.

마지막으로 갖고 싶었던 '낫'을 찾아다녔다. 우리 집에 있는 낫은 (지금 살아계신다면 120살 되시는) 친할머니가 구입한 거라 녹슬어 있다. 조릿대와 삼백초가 한창 자라고 있는 요즘, 날이 잘 드는 새 낫이 꼭 필요했다.

농업 지역에 위치한 홈센터인 만큼 낫도 그 종류가 다양했다. 난생처음 사보는 낫이었기 때문에 뭘, 어떻게 선택해야 할지 몰랐다. 그리 크지 않은, 약간 작은 크기의 낫 중에서 조릿대도 잘 벨 듯한, 녹슬지 않는 스테인리스 제품으로 골랐다. 손잡이가 미끄럽지 않게 고무로 되어 있어 마음에 들었다. 구경하면서 괭이나 호미도 갖고 싶었는데 냉정하게 마음을 다잡고 참기로 했다.

농업 용품 전문 매장으로 들어가니 신기한 것들이 많았다.

'이런 물건도 파는구나……'

놀라서 과일에 씌우는 봉투를 바라보고 있으니 옆에 있던 아주머니가 "이거, 옥수수에 맞을까요?" 하고 물어왔다.

아무래도 새가 옥수수를 먹지 못하도록 망을 씌우려고 하는데 어떤 크기가 적당한지 고민하고 있는 모양이었다.

아주머니는 일단 길고 가는 모양의 망을 손에 들고 있었기 때문에 "아마 그걸로 충분하지 않을까요?" 하고 답했다. 속으로는

'저기, 저는 지금 이 홈센터에 있는 사람 중에서 그 질문을 받기에 가장 적합하지 않은 사람이라고 생각하는데요······'라고 대답하면서. 카트 안에 농부 모자와 작업 바지, 낫이 들어 있어서 아주머니는 나를 농부로 착각했겠지만 나는 관엽식물조차 제대로 키워본 적이 없다.

"새와 사람의 인내심 싸움이라서"라고 말하는 아주머니께 '망의 크기가 잘못되었다면 죄송해요!'라고 마음속으로 속삭였다.

xx월 xx일

즐거웠던 여행을 마치고 다시 특급열차에 올랐다. 손에는 낫이 든 봉지가 들려 있다. 비행기였다면 절대로 못 들고 탔겠지.

집에 돌아와 얼른 새 낫을 꺼내 조릿대를 잘라보니 과연 날이 잘 든다. 섬유질이 강한 조릿대 줄기도 손쉽게 절단!

날이 잘 드는 부엌칼을 사용하면 요리도 즐거워지는데, 정원 일도 마찬가지다. 새 낫, 그리고 아무리 강한 햇빛이라도 차단해주는 농부 모자를 손에 넣은 나는 게으름 폈던 정원 일을 열심히 하기 시작했다. 역시 어떤 일이건 도구가 먼저인 듯싶다.

간
병

xx월 xx일

노토 반도에 와 있다. 노토의 정원 풍경은 정말 아름답다. 푸른
논밭과 하얀 벽에 검은 기와, 검은 기둥이라는 튜더 양식처럼 세
워진 농가들. 위풍당당한 농가의 풍취에 마음을 빼앗긴다.

그런 농가 중에 민박을 하는 곳이 있어 그곳에서 숙박하기로
했다. 시골집 내부는 도쿄에 비하면 상상할 수 없을 정도로 넓은
데, 노토의 농가도 마찬가지다. 흙마루는 말 두세 필을 너끈히 키
울 수 있을 정도로 넓고, 현관과 바로 이어진 홀에서는 체조도 할
수 있을 것 같다. 그리고 어느 집에나 훌륭한 이로리 いろり. 마룻바
닥을 사각형으로 도려 파고 난방용·취사용으로 불을 피우는 장치와 훌륭한 불당
이 있다.

정토진종(浄土真宗)의 왕국이라 불리는 호쿠리쿠 지방에서는 불당의 훌륭함이 그 가문의 지위를 나타내듯 손님이 오면 제일 먼저 불당으로 안내한다고 한다. 안쪽 방에 막이 드리워져 있어 '혹시 노래방 무대라도 있는 걸까?' 생각했는데, 막을 걷으니 맞은편에는 금색과 옻나무가 조화를 이룬 거대하고 호화로운 불당이 있다. 마치 극락 같은 존재감으로, 그렇게 훌륭한 불당을 본 건 처음이었다. 벤츠 한 대 값은 가볍게 넘길 정도로 고가가 아닐까?

우리 집에 있는 불당은 대략 신문지 크기로, 매우 작다. 게다가 금박도, 옻도 사용하지 않은 목재로, 그저 위패를 모시고 있을 뿐이라는 느낌이 든다. 호쿠리쿠 지방 사람이 본다면 눈을 동그랗게 뜰 정도로 간소하다고 하려나.

벤츠 같은 불당은 위풍당당한 농가에 매우 잘 어울렸다. 넓고 약간 어두컴컴한 집 안에서 옻 부분은 농염한 어둠을 만들어낸다. 황금색 부분은 희미한 빛을 받아 은은하게 반짝인다. 실로『음영예찬(陰翳礼讃)』의 세계인 것이다.

겨울에 음울한 날씨가 이어지는 호쿠리쿠에서 이 불당의 존재감은 중요할지도 모르겠다. 황금빛으로 반짝이는 불당에서 사람들은 희망을, 그리고 극락정토를 보는 게 아닐까?

밤에 목욕하러 가니 고에몬부로 五右衛門風呂, 부뚜막 위에 직접 거는 철제 목욕통가 있다. 항아리 모양 욕조에 나무 판이 떠 있다. '아하, 이것을 밟고 들어가는 거구나' 하며 풍덩거린다. 이 또한 내겐 첫 경험이다. 사실 이 목욕통은 뜨거운 물을 욕조에 직접 부을 수도 있는 '고에몬 놀이' 목욕이라고도 하는데, 놀이라고 하기에는 소박한 정취가 가득하다. 고에몬부로에 떠 있는 나무 판은 장작으로 직접 불을 땔 때 화상을 입지 않도록 하기 위한 것이다.

옛날에는 물을 긷거나 장작을 패지 않으면 목욕할 수 없었지만, 지금은 단추만 누르면 이십 분 후에 바로 목욕할 수 있다. 장작을 때서 목욕물을 끓인 경험은 없지만, 온수 단추를 누를 때 늘 '이렇게 편해서 죄송하다'고 약간의 죄책감을 느낀다. 아무리 뭐라 해도 너무 간단하지 않은가.

내 뒤로 목욕탕에 들어온 젊은 동행자는 "앗, 저 판을 밟고 들어오는 거였어요? 이상한 뚜껑이라고 생각하며 치워버렸네!" 한다. 뭐, 그야 그럴 만도 하지. 이젠 고에몬 놀이도 젊은이들에게는 통하지 않을 테니.

xx월 xx일

일이 생겨서 친척들이 모였다. 작은아버지는 입원 중이셨는데 외출 허가를 받아 나오셨다. 그런데 모두 사정이 있어 작은아버지를 병원까지 모셔다 드릴 사람이 없는 것 아닌가! 화살 끝은 프리랜서인 내게로 향했다.

"준코, 택시로 모셔다 드리지 않을래? 부탁해."

그리하여 나는 작은아버지와 함께 택시를 탔다. 트렁크에는 걸음이 불편한 작은아버지가 타시는 휠체어가 실렸다.

작은아버지는 병환 탓에 말씀하실 때 발음이 부정확하다. 택시 안에서 작은아버지 말에 귀 기울이며 잘 못 알아들은 말은 적당히 추측하면서 "아, 네, 과연 그렇군요"라고 맞장구쳤다. 작은아버지가 약간 기침을 하면 갑자기 증상이 악화되면 어쩌나 긴장했다.

생각해보면 이런 일도 처음이다. 아빠는 돌아가시기 전에 병원에 입원했었는데, 도움이 필요할 때는 거의 엄마가 간병을 했었다. 나는 병문안만 갔지, 실제로 간병한 적은 없었다.

그리고 엄마가 돌아가셨을 때는 거의 갑작스런 죽음이었기 때문에 그때도 간병이나 돌볼 기회가 없었다.

결혼했더라면 시어머니나 시아버지를 간병하게 되었을지도 모르지만, 결혼하지 않았기 때문에 그쪽과도 인연이 없다.

육아 또한 '스스로 일상생활 하지 못하는 사람을 돕는다'는 의미에서 간병의 일종일 것이다. 하지만 물론 아이도 없기 때문에 아이를 돌본 적도 없다.

작은아버지와 대화 아닌 대화를 이어가면서 '그렇구나, 나는 타인의 기저귀를 갈아본 적이 없구나'라고 생각했다. 조카는 있지만 고모로서 자상하지 않은 성격이라 조카의 기저귀를 갈아본 적도 없다. 최근 화장실에 함께 들어가기는 했어도 이미 네 살인 조카는 자기 일은 자기가 알아서 한다. 돕는다고 해봐야 손 씻을 때 세면대 위로 살짝 들어 올려주는 정도일까.

아이 키우는 일도 무척 힘든 일이겠지만 간병을 경험한 사람들은 이렇게 말한다.

'그래도 아이는 성장하는 모습을 보는 기쁨이 있잖아. 하지만 간병에는……. 그리고 언제까지 간병해야 하는지, 출구가 보이지 않는다는 점이 가장 괴로워.'

실제 간병해본 적이 있는 사람이 아니면 모를 고통이라고 생각하면서 '이렇게 아무도 돌보지 않아도 되는 삶'을 보내는 나 자신이 미안하다는 마음이 든다. 적어도 작은아버지를 무사히 병실까지 모셔다드려야지.

이런저런 생각을 하는 동안 병원에 도착했다. 작은아버지를 휠체어에 앉혀야 하는데, 전혀 방법을 모르겠다. 더군다나 작은아버지는 체격이 크신 편이다. 택시 기사와 병원 경비원의 도움을 받아 간신히 휠체어에 앉히는 데 성공. 그리고 휠체어를 밀고 승강기에 올라 병실에 도착했다.

내가 한 일이라고는 고작 이 정도뿐이다. 병실에 들어가니 나머지는 간호사들이 처리해준다. 간병을 경험한 적이 없어서 병실에 도착한 것만으로도 조금의 성취감을 느꼈다. 작은아버지라고는 해도 다른 사람의 부모님이다. 그래서 도중에 무슨 일이 생기지는 않을까 노심초사했다.

집에서 간병을 하고 있거나 오랫동안 간병 생활을 해온 사람은 심신이 얼마나 지칠까. 사람이 사람으로서 홀로 계속 살아갈 수 있는 것의 중요성을, 처음으로 간병 흉내를 내며 아주 조금 실감한다.

xx월 xx일

친구들과 한밤중 「써니」라는 한국 영화를 봤다.

한국 영화라고 하자 친구는 "한류? 난 별로 본 적도 없고, 내 취향은 아닐지도"라고 말했지만 이 영화는 예상과는 조금 달랐다. 나도 여태껏 이른바 한류 영화는 본 적 없지만 이 영화는 잘생긴 배우가 등장하고, 그 연인이 교통사고로 죽어버리거나 하는 그런 영화가 아니라 여자들의 우정에 관한 이야기였다.

주인공은 행복한 삶을 사는 사십 대 주부 나미. 나미는 친정 엄마의 병문안을 갔다가 우연히 남은 날이 얼마 남지 않은 상태로 입원해 있는 고등학교 동창 춘화를 만난다. 미인에, 언니 같은 성격인 춘화는 여고생 시절 단짝 친구들 무리에서 대장 역할이었다. 춘화는 '죽기 전에 친구들을 만나고 싶다'며 나미에게 부탁한다.

주인공들 나이대나 여고생 이야기라는 점이나, 이 영화는 우리와 비슷한 점이 아주 많았다. 친구들을 한 사람씩 찾아가니 저마다 인생의 단맛과 쓴맛을 맛보고 있었다. 울고 웃는, 뒷맛이 개운한 재미있는 영화였다.

영화가 끝난 후 여고 동창인 우리는 앞다퉈 감상을 쏟아내기 시작했다.

"불치병에 걸렸을 때, 자신에게 알려주기를 원해?"

"당연하지! 일단 갖고 있는 물건들 중에 창피한 것들은 전부 처분해야 하니까."

"맞아. 내가 죽은 후에는 내 컴퓨터가 자동적으로 폭발했으면 좋겠어……."

아주 잠깐 작은아버지를 간병해본 나는 걱정되는 점을 말했다.

"아이가 없는 우리로서는 말이야. 마지막에 누구에게 간병을 부탁해야 할지 큰 문제라고. 춘화는 엄청 부자라 다행이었지만."

영화에서 춘화는 독신이지만 회사 경영자로 경제적으로는 굉장히 여유롭다.

"춘화만큼 여유가 있다면 죽을 때도 아등바등하지 않을 테니 좋겠네."

"맞아, 고급스러운 개인 병실에 입원해 있었잖아, 춘화는. 역시 우리도 죽기 전에 돈을 모아둬야 하지 않을까?"

"하지만 남은 삶이 어느 정도인지 확실히 알고 있다면 모를까, 언제까지 살지 모르는 상황에서 계속 병상에 누워 있어야 한다는 점이 가장 괴롭지 않아?"

"정말 돈만 있으면 귀신도 부릴 수 있다는 말이 맞네."

화제는 더욱 현실적으로 흘러간다.

자녀를 많이 안 낳는 요즘, '내 아이가 나를 간병해줄 것'이라고 확신하는 사람이 얼마나 될까? 특히 부모들이라면 '자식에게 폐가 되고 싶지 않다'는 생각이 강해서 자식한테 신세 지는 걸 꺼려할 것 같다.

아빠가 위독했을 때 침대 맡에 서서 '이렇게 자식이 부모를 간병하는 것이 자연의 섭리로구나. 역시 자식을 낳아야 하는 건가. 나는 대체 어떤 모습으로 죽으려나?' 하고 이런저런 생각을 했던 기억이 있다. 하지만 뭐, 자식을 낳지 않았으니 이제 와 어쩔 수 없지.

"우리는 노노(老老)간병 노인이 노인을 돌보는 것이 아니라 우우(友友)간병을 하는 게 어때?" 하고 친구가 말한다.

"하지만 아직 젊을 때는 그래도 여유가 있겠지만 나이를 먹고 나면 친구들끼리 서로 돌본다고 해도 역시 노노간병이 되는 거잖아……."

"그러네. 친구들이 서로 돌봐주는 건 좋지만 누군가는 마지막에 남게 되잖아. 그 사람은 어떡해? 힘들게 친구들을 간병하고 마지막에는 자기 혼자 남아버리니."

"항상 젊은 멤버를 보충하는 게 좋겠지만 서로 간병해줄 수 있을 정도로 깊은 우정이 하루아침에 생기는 것도 아니고."

친구들끼리 서로 간병하는 경우는 앞으로 늘어나겠지만, 그와 함께 문제도 많아지리라. 너무 부담스럽다거나 대가를 바라게 된다거나 서로의 생각이 달라 오랜 우정이 깨지는 일이 왕왕 일어날 게 틀림없다.

"아무튼, 지금부터 고민해봤자 어쩔 수 없지. 일단은 뭔가 먹으러 가자."

"그러자!"

불안감을 떨쳐버리듯 우리는 길을 나섰다. 사십 대에 너무 이른 죽음이기는 하지만 주위 사람에게 폐를 끼치지 않고, 아니 그보다는 죽으면서 친구들에게 많은 것들을 남길 수 있는 춘화가 조금은 부럽기도 하다.

육
아

xx월 xx일

집 근처에 빵집이 생겼다. 기쁘다. 정말 몹시 기쁘다.

얼마 전 공사 중일 때 'BAGEL&BREAD'라는 간판 글자를 보자마자 꿈만 같아 눈을 의심했을 정도다. 세련된 거랑은 아주 거리가 먼 이곳 주택가에 베이글도 파는 유행하는 빵집이 생기다니…… 꿈만 같다.

내가 사는 동네는 '평범한 주택가'라고밖에 표현할 수 없는 그런 곳이다. 있는 거라곤 체인점뿐이고 생활하는 데 지장은 없지만 그 이상 마음을 충족시키려면 동네 밖으로 나가야만 한다. 지금은 어느 동네에나 있는 천연 효모 빵집도, 고상한 카페도 이 동네와는 인연이 없었다.

155

이 동네로 이사 오기 전, 십오 년 정도 살던 동네도 마찬가지였다. 중심가와 가까웠지만 빵집뿐만 아니라 약국도, 서점도, 찻집도, 그리고 변변한 슈퍼도 없었다. 그곳만 진공상태인 듯한 이상한 동네였다.

거기서 주택가로 이사 온 직후, 택시로 예전 동네를 지나가는데 파리를 연상시키는 세련된 빵집과 세련된 카페가 들어서 있는 것을 발견했다. 내가 떠나자마자 가게가 들어서다니……. 빵집 운도, 카페 운도 지지리 없다고 자신을 저주했었다.

그런 인생이었는데 도보 삼 분 거리에 빵집이 생기다니 믿을 수 없다. 너무 기쁜 나머지 개업하자마자 당장 달려가본다. 슈퍼에서 파는 빵과는 확실히 다른 다양한 빵과 케이크, 그리고 쿠키까지. 게다가 빵집 주인은 얼핏 보기에도 '어렸을 때부터 제빵사가 되고 싶었어요'라고 말하는 듯한 젊고 화장기 없는 여성들이다. 근처 맛있는 빵집에서, 자연스럽게 빵을 사는 걸 동경하고 있던 나는 인생 최초 '집 근처 빵집'에 흥분한다.

'살다 보니 이런 날도 있네…….'

너무 흥분한 나머지 빵을 잔뜩 사고 말았다.

보고 있자니 손님이 끊임없이 들어온다. 역시 이 부근 주민들도 나처럼 빵집의 등장을 애타게 기다리고 있었던 게 틀림없다. '부디 이 빵집이 망하지 않도록 자주 빵을 사러 오자!'고 마음속으로 손님들에게 외치며 가게를 나섰다.

xx월 xx일

점심을 먹고 컴퓨터 앞에 앉으니 오빠한테 문자가 왔다.

'올케가 아파서 열이 심하게 나니 오늘 밤까지 네 살짜리 조카를 봐달라'는 부탁이다. 어머나.

오빠 가족은 내 집에 자주 놀러왔기 때문에 조카도 내게는 익숙해져 있다. 그렇더라도 조카 혼자 우리 집에 오래 머문 적은 없다. 오빠가 보낸 문자에는 '목욕과 저녁밥도 챙겨주면 고맙겠다'고 쓰여 있다. '별 문제는 없겠지만 육아 경험이 전혀 없는 내가 반나절이나 조카를 볼 수 있을까?' 불안감이 휘몰아쳤다.

아무튼 몹시 곤란한 상황이니까 이런 부탁을 하는 것이리라. 오후에 예약되어 있던 탁구 수업을 취소하고 '알겠다'고 회신을 보냈다.

그런데 올케가 열이 나서 아프다는 건……, 나는 당장 슈퍼로 달려가 오빠에게 건네줄 반찬을 만들기 시작했다. 오빠는 엄마가 돌아가셨을 때 갑자기 '나는 요리에 대해서만큼은 마마보이였다'고 느닷없이 커밍아웃하며 쑥스러워했던 사람이다. 그래서 적어도 누이의 손맛이라도 맛보게 해줘야겠다는 생각이 들었다.

엄마의 손맛이라고 했을 때 소고기감자조림 같은 걸 만들어본 적은 있다. 하지만 우리 엄마는 주로 서양 요리를 만들었고, 그래서 엄마표 소고기감자조림은 먹어본 기억이 없다. 그래도 일단 일반적으로 떠올릴 수 있는 엄마표 음식을 해보자.

소고기감자조림이 끓고 있을 때, 오빠가 유치원에서 조카를 데리고 왔다. 조카를 두고 오빠는 다시 직장으로 돌아갔다.

혼자가 된 조카는 순간 불안한 표정이다. '어떡하지? 여기서 울면 안 되는데!'

"리카짱을 데리고 올까?" 하고 주위를 돌려본다.

조카의 리카짱(인형)은 우리 집에 몇 개나 상주하고 있기 때문에 조카는 금방 걸려들었다.

"네, 네!"

"그럼, 네가 갖고 오렴!"

2층에 올라가는 게 귀찮은 고모는 네 살짜리 어린아이를 부려먹는다.

그동안 소고기감자조림 간을 보고 있는데 "뭐하세요?" 하며 리카짱을 갖고 온 조카.

"소고기감자조림 만들고 있지. 함께 만들어볼까?"

조카는 편식이 심하다. '함께 만들면 소고기감자조림도 먹을지 몰라. 이게 바로 식사 교육?' 이런 의도를 숨긴 채 슬그머니 꾀어본다.

"네, 해볼래요!"

조카에게 설탕과 간장을 넣도록 한다. 좋아하는 것 같다.

"맛 좀 볼래?" 하고 물어보니

"싫어요."

딱 잘라 대답한다. 이런, 젠장.

소고기감자조림이 완성된 후, 조카와 인형 놀이를 했다. 수학여행을 떠난 리카짱과 함께.

리카짱에게 싫증나서 강아지를 보러 밖에 나갔다. 조카는 강아지를 무척 좋아한다.

산책 중에 지나치는 모든 개에게 달려가 '만져봐도 돼요?' 하고 적극적으로 물어보는 것이다. 나 역시 털이 난 동물은 싫어하지 않는다. 시베리아허스키를 산책시키고 있는 이웃을 만나 조카와 함께 시베리아허스키를 쓰다듬어주니 그 녀석은 몹시 기쁜 듯 벌떡 일어서 내게 매달렸다. 그 상황을 본 조카의 엉덩이는 확실히 뒤로 멀리 물러서 있었다. 시베리아허스키와 헤어진 후 "괜찮으세요……?" 하고 나를 걱정해줬다.

강아지와 노는 데도 슬슬 지쳐갈 무렵 친하게 지내는 부인의 집 앞을 지나가게 되었다.

'그래, 이 집에 놀러가야지!' 약속도 없이 방문해본다. 주택가로 이사 온 후 전업주부들끼리는 이렇게 약속하지 않고도 자주 방문한다는 사실을 알고서 금방 그 세계에 적응한 것이다.

예상대로 부인은 "어머나, 어서 오세요"라고 기분 좋게 맞아준다. 언제라도 타인을 집 안에 들일 수 있다니, 과연 전업주부다.

"많이 컸네!" 조카를 환영해주니 감사하다.

때마침 「날아라 호빵맨」을 방영하고 있어서 조카는 텔레비전

앞에서 얼어붙은 듯 꼼짝도 하지 않는다. 그사이 나는 부인이 가져온 차와 과자를 먹으며 한숨 돌렸다. 아이를 키우는 엄마들은 같은 처지의 아이 엄마들과 자주 모인다고 하는데, 그 기분을 이해할 수 있을 것 같다.

한때 호빵맨 중독이었던 조카는 최근 "나는 이제 호빵맨은 졸업했어요"라고 말했다. 하지만 아직 호빵맨 매력에서 빠져나오지 못한 듯 조카는 조용히 텔레비전을 보고 있다.

조카가 호빵맨 졸업을 선언했을 때 어쩐지 섭섭했다. 졸업 후 그녀는 「프리큐어」와 AKB48 일본 여자 아이돌 그룹로 흥미를 돌렸다. 「프리큐어」는 이해할 수 있다. 하지만

"아이 원츄~!" 하며 노래하는 조카를 보면 '벌써 그쪽으로 가버리다니…… 고모는 좀 섭섭하네!'라고 생각한다.

그뿐만 아니다. 어느 날 갑자기 조카가 자기 스스로 우치 ウチ, 젊은 여성들이 쓰는 '우리'를 뜻하는 속어라고 지칭하는 걸 듣고 말았다. 최근 여고생들이 자신들을 가리켜 '우치' '우치라'라고 말하는 걸 들은 적 있다.

"우리 애가 벌써 자기 스스로 '우치'라고 말하는 거야. 언니가 있는 친구에게서 배운 것 같아. 아빠한테 엄청 혼나기는 했는데."

초등학생 딸을 키우는 친구가 말했던 것도 벌써 여러 해 전이던가. 그 일인칭 속어가 벌써 유치원생한테까지 퍼졌다니. 머지않아 이 아이는 '진짜 빡치지 않냐?' 하고 말할지도 모른다. 그런 생

각을 하면 고모로서 또 다시 섭섭해지는 것이다.

집에 돌아와 목욕을 했다. 아직은 부끄럽지 않은지 옷을 훌훌 벗고 기분 좋게 벌거숭이가 되어 욕조 안으로 들어간다. 함께 목욕하고, 욕조 안에 장난감을 띄우고 논다. 샴푸는 싫다고 말하면서도 순순히 머리를 감는다. 샴푸 광고의 한 장면 같다. 아이를 키운다는 건 이런 느낌이구나.

이어서 저녁밥을 먹이고 볼링 놀이와 숨바꼭질을 하고 있으니 마침내 일을 마친 오빠가 조카를 데리러 왔다. 한창 숨바꼭질에 빠져 있던 조카는 외친다.

"싫어! 안 갈 거야!"

살짝 기쁘다.

"그럼, 자고 갈래?"

마음에도 없는 말을 한다. 첫 육아 생활에 나는 이미 한계에 달해 있었다. 이런 일을 매일 하다니 전업주부는 정말로 대단하다. 나였다면 밖으로 나가 일하는 걸 선택할 것이다.

드디어 "바이, 바이!"

소고기감자조림을 들려 조카와 오빠를 보낸 후 소파에 쓰러진다. '손자는 와도 좋고 돌아가도 좋다'고 세상의 모든 할머니 할아버지께서 말씀하셨지. 이제야 그 마음을 구구절절 이해할 수 있을 것 같다. 자, 그럼 슬슬 일을 해볼까.

xx월 xx일

어쩌다가 EXILE 일본 남자 아이돌 그룹 콘서트에 가게 되었다. 태어나서 처음이다. 장소는 도쿄 돔.

국내 최고 아이돌인 EXILE. 아저씨 아줌마는 '폭주족처럼 생긴 애들?'이라는 반응이지만, 이삼십 대한테 'EXILE 콘서트 간다'고 말하면 '좋겠다, 좋겠다!' 하며 격하게 부러워한다.

돔 안으로 들어가자 과연 인기 아이돌답게 무대에 엄청난 돈을 쏟아부어 공들인 듯했다. 멤버가 화려하게 등장하니 돔을 가득 메운 오만 명의 팬은 순식간에 뜨겁게 달아올랐다.

하지만 나는 그들을 보고 의외라는 느낌이 들었다. 멤버 모두 무척 예의 발랐기 때문이다. 멤버는 열네 명(당시)이나 되는데, 손을 흔드는 사람도 있고, 팬에게 정중히 인사하는 사람도 있었다. EXILE이라고 하면 겉보기에 약간 불량스러운 이미지인데 이 영업사원 같은 자세는 뭐지? 게다가 이동식 무대 위에서 여러 남자들이 손 흔들며 예의 바르게 인사하니 무슨 선거운동처럼 보였다.

콘서트가 시작되자 EXILE 노래를 하나도 모른다는 사실을 깨달았다. 노래가 계속 흘러나오며 팬들의 열기가 아무리 뜨거워져도 멤버들의 예의 바른 모습만 인상에 남는다. 보통 "모두 즐겁나요?"라고 말할 텐데 "여러분, 즐거우십니까?" 존댓말을 한다. 게다가 "아직 보여드릴 게 아주 많습니다!"라고 마지막까지 말을 놓지 않는다. CEO이기도 하다는 리더 히로의 교육 덕분인가.

비행 청소년 세계에서는 상하 관계가 엄격하다. 폭주족이나 불량배 세상에서도 '윗사람이 하는 말은 절대적'이라고 한다. 그들이 형님 어쩌고 하면서 인간관계를 혈연관계처럼 맺는 것도 연공서열인 유교적 가부장제의 영향일지도 모른다.

콘서트는 무려 네 시간이나 계속되었다. EXILE뿐만 아니라 그 동생이라거나 누이라거나 하는 같은 소속사 그룹도 많이 등장해서 시간이 오래 걸렸다. 이처럼 동생이나 누이동생을 아끼는 것 또한 가부장제를 떠오르게 한다.

마지막으로 보컬인 아츠시가 팬에게 인사를 했다. 그는 항상 선글라스를 낀 모습으로 가장 무서운 얼굴을 하고 있는데 사실은 마음이 약해서 선글라스를 벗지 못한다는 이야기도 있다.

그런 그가 "여러분, 오늘 바쁘신 가운데 와주셔서 정말로 감사드립니다" 하고 인사한다.

정말이지 얼굴과 어울리지 않아 실소가 터지고 말았다. '바쁘신 가운데'라니. 팬은 아무리 바빠도 그들을 보기 위해 달려왔다고 생각하지만 그 수고로움에 감사하다니, 얼마나 겸손한가.

이동식 무대를 타고 떠나는 그들은 마지막까지 머리 숙여 인사하고 있었다. 단체 행동의 조화를 깨뜨리지 않고, 상하 관계를 확실히 지키며, 겸손한 그들은 분명 회사원이 되었어도 틀림없이 성공했을 것이다. 체력도 좋고, 좋은 영업사원이 되었겠지.

하카타 라면

젊은 여성 편집자인 A 씨와 함께 후쿠오카 출장을 갔다. 젊은 나이치고는 차분한 성격이어서 자꾸 또래 친구처럼 대하게 되는데 만약 내가 스무 살에 애를 낳았다면 내 딸과 같은 나이였겠지.

도착하자마자 바로 다이차(鯛茶)로 유명한 식당에서 점심을 먹었다. 다이차를 매우 좋아하는 나, '맛있다……'며 곧바로 젓가락을 들었다.

그러자 편집자는 "다이차라니 처음 먹어봐요. 뭔가 했는데 밥위에 도미회를 올리고 뜨거운 차를 부어 먹는 음식이네요"라며 눈을 반짝거린다.

그 모습을 보고 새콤달콤한 듯한, 살짝 씁싸름한 듯한 기분이

164

들었다. 이 아이는 아직 '태어나 처음 먹어보는 음식' '태어나 처음 체험하는 일'이 많겠지?

되돌아보면 나도 그 나이 때는 회사원이었다. 회사원이 되어 처음 먹어본 음식이 많았는데 지금도 또렷하게 기억하는 게 가라스미 からすみ, 숭어의 난소를 염장해 건조시킨 음식에 대한 첫 경험이다. 상사와 긴자의 일식당에 갔을 때, 얇게 썬 무 사이로 오렌지색 얇은 판 같은 게 나왔다.

"이건 뭐예요?"

"한 번 먹어봐."

한 입 먹어보니 놀랄 정도로 맛있었다. 싱싱하고 차가운 하얀 무 사이로 가볍게 구워져 살짝 온기가 남아 있던 쫀쫀하고 짭짤한 무언가가 끼여 있었다.

"우와, 맛있어요! 이런 거 처음 먹어봐요!"

"가라스미야. 숭어 난소."

그렇게 나는 난생처음 가라스미를 먹어봤다.

술은 못 마시지만 술안주로 나오는 진미를 좋아한다. 내 미각에 가라스미는 딱 맞아 떨어진 음식이었다. 살짝 구워 무에 끼워 먹으면서 '이게 바로 어른의 맛이구나' 하며 엄청 감동했다. 그 후 상사와 식사하러 갈 때마다 '뭐가 먹고 싶냐'고 물어보면 '가라스미!'라고 대답했다.

오랜 시간이 지나 내 혀는 수많은 맛에 익숙해져버렸다. 사회

생활을 하고 많은 여행을 다니면서 진귀한 음식, 사치스런 음식, 그 지역이 아니면 맛볼 수 없는 음식 등 꽤 다양한 음식을 먹었다. 그러면서 맛있다느니, 맛이 없다느니 평가해왔다.

지금 내 앞에서 다이차에 감동하고 있는 젊은 아가씨를 보며 가슴이 찡해지는 것도 그런 까닭이다. '아아, 내게도 이런 시절이 있었지.' 하지만 이 아가씨도 편집자로 일하는 동안 세상의 수많은 음식들을 먹고 나면 낙타고기건, 오리고기건 '흐음' 정도의 반응밖에 보이지 않게 되겠지.

음식을 사 주는 입장에선 "이런 음식은 처음이에요"라고 말해 주면 보람이 있다. 그래서 남자들은 산돼지 요리건 복어 요리건 당연한 듯 삼켜 넘기는 여자보다 비록 거짓말일지라도 "이렇게 맛있는 음식은 처음 먹어봐요!" 하며 눈동자를 반짝반짝 빛내는 여자를 더 귀엽게 생각하는 건가?

"후쿠오카에는 맛있는 먹거리가 아주 많아요. ○○초밥도 좋고, 겨울이면 ××의 다금바리도 좋지요……."

처음으로 다이차를 먹으며 감탄하는 A 씨를 더 감동시키고 싶다. 그런데 그녀가 초밥이나 다금바리의 맛을 알게 되는 게 과연 행복일까?

그녀가 다이차에 감동하는 걸 보면서 '모른다는 게 얼마나 행복한 일인가' 하고 생각한다. 무언가를 알게 되면 그것으로 끝, '처음 알게 된' 감동은 이제 두 번 다시 느낄 수 없게 될 테니……

"저는 음식에 대해서 아는 게 하나도 없어요. 이래도 될까 싶을 정도예요."

다이차를 먹으면서 중얼거리는 A 씨에게 선배 얼굴을 하며 말했다.

"쓸데없는 걱정이네. 나이 들면 싫어도 저절로 알게 될 테니까. 지금은 그저 모르는 걸 즐기면 되는 거야."

그날 밤 일을 마치고 저녁도 먹은 우리는 포장마차에서 라면을 먹기로 했다. A 씨는 젊은이답게 라면을 매우 좋아하는 듯 라면 선택에 적극적이었다.

나가하마 포장마차 거리에서 '어느 곳의 라면이 맛있을까' 하며 어슬렁거리다가 깨달았다. 하카타의 포장마차에서 라면 먹는 게 이번이 태어나 처음 있는 일이라는 것을. 술을 마시지 않아서 그런가. 여태껏 후쿠오카에 와서 마지막을 라면으로 끝내겠다고 생각해본 적이 없었다. 물론 A 씨에게도 처음 있는 일이다. 우리는 사이좋게 첫 경험의 동지가 되었다. 포장마차에서 후루룩후루룩 라면을 먹는다.

특유의 돼지 뼈 국물 냄새에 휩싸여 다시 한 번 옛날 기억을 떠올렸다. 지금은 도쿄에도 하카타 라면집이 많지만 오래 전에는 별로 없었다. 대학생 때 '하카타 라면집이 생겼으니 한 번 가보자'고 해서 탐험하는 기분으로 처음 먹어본 것이다.

희멀건 돼지 뼈 국물도 처음이고, 생강절임이나 채소절임을 라면에 넣어 먹는 방식도 처음이었는데 어쩐지 굉장히 이국적인 면을 먹고 있는 듯한 느낌이었더랬다. 그때는 아직 규슈 땅을 밟아보기도 전이었다.

그러고 보니 그 시절에 하겐다즈가 일본에 최초로 상륙했었지. 이런 옛날이야기는 A 씨한테 역사 속 사건들처럼 들리려나……

호텔로 돌아가자 살짝 위가 더부룩한 느낌이 든다. 최근 항상 갖고 다니던 다이쇼 한방 위장약을 먹으면서 생각한다. '너도 참 멀리도 왔구나.'

xx월 xx일

친구와 함께 한국 여행을 왔다. 우리 나이 때 여성들이 한국에 가면 누가 봐도 그저 한류 팬 아줌마로 보이겠지만 우리는 한류 스타에 전혀 흥미가 없다. 잘생긴 한류 스타가 등장하지 않는, 여자들 우정을 다룬 「써니」를 보고 한국에 가보고 싶어 가게 된 것이다.

한국 방문은 처음이 아니다. 일 때문에 여러 번 와봤지만 여행으로 오는 것은 이번이 처음. 일로 오면 길을 몰라도 되고, 직접 찾아다닐 필요도 없다. 그래서 지도나 한글을 전혀 읽지 못한다. 살짝 두근두근 설레는 마음으로 서울 땅을 밟았다.

지난번에 왔을 때는 아직 일본에 한류열풍이 일기 전이었다. 한류열풍 이후 꽤 많은 일본인, 특히 여성들이 서울을 방문하고 있다. 1980년대에는 한국이라고 하면 남자들이 자주 가는, 살짝 수상쩍은 여행이라는 인상이 있었다. 하지만 그런 인상은 싹 사라졌다. 요즘 여성 잡지를 펼치면 '한국에서 아름다워지는 여행' 특집을 볼 수 있다. 한국은 여성들이 먹거리와 화장품, 피부 관리를 즐기는 곳이 되었다.

번화가인 명동 거리를 걷다 보면 일본인 여성을 타깃으로 한 화장품 가게가 즐비하다. 요새는 달팽이크림이 유행인가?

"달팽이크림, 싸요!"

여기저기서 말을 건넨다.

'달팽이는 이미 옛말, 이제부터는 독뱀 크림!'

이런 광고 문구도 있다. 아무래도 현재 한국 화장품 업계는 색다른 원료가 인기인가 보다.

"우리도 '아름다워지는 여행'을 해보자!"

갑자기 의욕이 샘솟은 우리. 가이드북을 보고 '한증막' 체험에 도전해보기로 했다.

한증막이란 사우나 같은 것이다. 일단 가마니 비슷한 걸 뒤집어쓰고 꽤 뜨거운 사우나로 들어간다. 땀을 흠뻑 흘린 다음 다시 목욕탕에 들어가 충분히 몸을 데운다. 마지막으로 때밀이나 오이 팩을 하면 체험 끝.

그렇게 처음으로 한증막 코스를 체험한 감상은 '요구가 많은 요릿집 같다'는 것이었다. 사우나에 들어가라는 둥 욕조에 들어가라는 둥, 게다가 '이리 오라, 저리 가라'는 지시를 한국인 아주머니가 내리는데 무슨 신병 훈련소처럼 엄하다. 그리고 땀을 흠뻑 쥐어짠 후에 시체 해부대처럼 생긴 곳에 벌거벗고 누우면 빡빡 때를 밀어주시는데, 마치 질긴 고기를 부드럽게 하는 작업 같다.

그러다 보니 나 자신이 하나의 인격을 갖춘 인간 따위가 아니라 단순히 '몸'이라는 물체처럼 여겨진다. 자극이 심해 '이게 인생 마지막 때밀이일지도'라고 생각했는데 곧이어 몸에 오이처럼 미끈거리는 걸 발라주신다. 마치 마리네이드가 되어가는 기분이다.

하지만 물건처럼 대해주시니 살짝 기쁘기도 했다. 평소 일본인이 자랑하는 섬세한 배려와 마음 씀씀이 속에서 살다 보면 그 배려가 고맙기도 하지만 때론 지나쳐서 피곤하기도 하다. 무심히 '아파?'라고 던지듯 물어보는 한국 아주머니는 쓸데없는 배려 따윈 하지 않는다. 허벅지를 거리낌 없이 활짝 벌려 때를 벅벅 밀고, 미끈거리는 오이팩으로 젖가슴을 마구 주무른다. 어중간한 창피함이나 '나는 지금 어떻게 보일까' 하는 자의식은 날아가고, 텅 빈 마음으로 '당신 맘대로 하세요!' 외치게 되는 것이다.

'될 대로 되라'는 마음으로 내친김에 '쑥좌훈'도 해본다. 쑥을 태우는 의자에 걸터앉아 목만 내밀고 상반신에 덮개를 뒤집어씌우는 거다. 아주머니는 지시를 내린다.

"엉덩이 구멍으로 쑥 연기를 빨아들이세요. 여성 기능이 좋아져요!"

이게 정말 가능한 일일까……? 의심스러웠지만, 뭐, 일단 그렇게 믿는 게 중요하니까 하복부에 힘을 주고 연기를 빨아들여보기로 한다.

여성 기능이 좋아졌는지 잘 모르겠지만 목 아래가 쑥으로 훈증된 것만큼은 분명하다. 마지막에 묘하게 친절해지신 아주머니가 가운을 입혀주고 끈을 묶어주는 모습을 보면서 '다음 문을 열면 정말 요구가 많은 요릿집이 나타나는 게 아닌지' 상상해버렸다. 하지만 다 끝내고 문 밖으로 나가니 밤중의 번화가였다. 진짜 한 꺼풀 벗겨진 몸으로 호텔로 돌아갔다.

가설 주택

xx월 xx일

재난 이후 지금까지 계속 이시노마키의 오시카 반도에 위치한 작은 마을을 돕는 친구가 있다. 정기적으로 마을을 방문해 물품을 전달하거나 도움을 준다.

미력하나마 물품 지원으로 협력해오던 나도 이번에는 함께 마을을 방문기로 했다. 다양한 물건을 실은 자동차로 밤늦게 도쿄를 출발해서 아침 일찍 현지에 도착하는 일정이다.

'재해가 일어났을 때는 지원 차량으로 혼잡했지만 지금은 꽤 안정되었어. 운전하기 쉬워졌지.'

친구에게는 이미 익숙한 길이었지만 차를 타고 피해지를 방문하는 일은 나한텐 처음이었다.

이시노마키 맥도날드에서 아침을 먹고 반도로 향했다. 아름다운 산과 바다 풍경이 펼쳐지다가 마을이 가까워지자 가설 주택과 무너진 잔해, 1층이 떠내려가 기둥과 2층만 남아 있는 집들이 보이기 시작했다.

재해가 발생한 지 일 년이 지나서 그런지 주민들의 생활은 안정감을 되찾은 듯했다. 주민들 표정이 모두 밝았다. 그리고 누구나 친절히 맞아줬다. 어부들은 배로 아름다운 섬까지 데리고 나가 구경시켜줬고, 집에서는 볶음국수를 만들어줬다. 1층이 떠내려가버린 민박집 주인아주머니는 기둥만 남은 1층 바닥에 놓인 의자를 권했다.

"이쪽이 바람이 잘 들어와 훨씬 시원하니까 이쪽으로 앉아요."

친구가 자주 들르는 한 가설 주택을 방문했다. 쓰나미 피해지에서 가설 주택을 본 적은 있지만 직접 들어가 보는 일은 처음이었다.

가설 주택은 좁다는 말을 많이 들었는데 정말 좁았다. 텔레비전이 놓여 있는 거실은 사람으로 꽉 찼다. 눈치가 빠른 초등학생 큰딸은 어린 여동생을 데리고 밖으로 놀러 나갔다.

아주머니는 수박과 아이스크림을 잔뜩 갖고 나와 우리를 대접했다. 그러면서 계속 웃었다. 마치 찬란한 태양 같았다. 좁은 가설 주택 구석구석까지 환한 빛으로 가득 채우는 웃음이었다. 성격이 밝고 쾌활한 것은 얼마나 멋진 자질인가. 이런 상황이라 그런지

더더욱 그런 생각이 든다. 도중에 땅울림과 함께 지진이 발생했지만 아주머니와 함께 있으니 무섭지 않았다.

재해 전에 아저씨는 어부였지만 현재는 일을 쉬고 있다. 아주머니의 밝은 모습은 가족에게 큰 구원일 것이다. 그 밝은 표정 뒤에는 헤아릴 수 없이 큰마음이 있겠지.

여름엔 덥고 겨울엔 춥다는 가설 주택. 마냥 이곳에 살 수 있는 것도 아니다. 거주 기간이 정해져 있다. 집과 아이들, 미래를 떠올리니 짧은 시간 동안 그곳에 있었던 나도 그들이 지니고 있을 큰 불안감을 느낄 수 있었다.

"또 놀러오세요. 부담 갖지 마시고!"

아주머니는 활짝 웃으며 계속 손을 흔들어주셨다.

이웃 가설 주택에서는 갓난아이가 태어난 듯 젊은 엄마가 아기를 어르고 있었다. 맑은 눈동자의 갓난아기는 천진난만하게 웃고 있었다.

한 생명의 탄생도 매우 축하할 일이지만 무엇보다 엄마라고 불리는 존재가 이 세상에 태어났다는 사실도 굉장히 축하할 일이라는 생각이 들었다. 괴로울 때, 슬플 때, 배가 고플 때, 외로울 때 그저 그곳에 있어 주는 것만으로도 안심이 되는 존재는 역시 엄마뿐이다.

친구한테 여행 선물로 말린 톳을 받았다. 톳 봉지를 바라보며 '한동안 톳을 먹지 않았다'는 사실을 떠올렸다.

톳으로 만든 조림 요리는 일본 밥상에서 빠지지 않는 밑반찬. 엄마가 자주 해준 반찬이었다. 부모님 댁에 갈 때마다 내 가방에 넣어주시곤 했는데……

특별히 톳 반찬을 좋아하거나 싫어하지도 않아서 있으면 먹지만 찾아서 먹지는 않는다.

엄마가 돌아가신 후 나는 한 번도 톳 반찬을 먹어본 적이 없다. 말린 톳이라 무척 가벼운 봉지를 한 손에 들고 집으로 향하며 한번 만들어볼까 생각한다.

항상 엄마가 만들어줬기 때문에 내가 톳 요리를 하는 건 이번이 처음. 그래서 만드는 방법도 잘 모른다. 엄마한테도 안 물어봤으니 인터넷에서 톳 요리법을 검색해본다. 여러 가지 요리법 중에서 쉬워 보이는 걸 선택했다.

당근과 유부는 냉장고 안에 있다. 엄마가 만든 톳 조림에는 콩이 없었지만 콩이 들어간 톳 조림을 살짝 동경해왔기에 슈퍼에서 콩을 사 갖고 왔다.

당근과 유부를 잘라 물에 불린 톳과 함께 볶다가 조린다. 만드는 방법은 굉장히 간단하다. 어차피 톳은 짙은 검은색이라 조미료가 들어갔는지, 충분히 맛이 스며들었는지 봐서는 잘 알 수 없다.

걱정했지만 살짝 맛보니 꽤 맛있었다. 시판하는 톳 조림은 맛이 너무 진한데 직접 만드니 담백해서 좋았다. 불을 끄고(우리 집은 전기제품만 사용하기 때문에 정확히 말하면 전기를 끄고) 식히면 완성!

엄마 손맛을 연상시키는 요리를 직접 만들어보니 만족스러웠다. 파스타나 소고기와인조림이 아니라 엄마 손맛으로 보이는 밑반찬을 만들면 왠지 중년 여성이 된 것만 같다.

엄마가 돌아가신 후 이런 밑반찬을 전혀 먹지 않았다. 그걸 알고 이웃집 부인이 '많이 만들어서 갖고 와봤어요. 맛 좀 보세요' 하며 비지를 갖다주기도 하는데 그것도 맛있다. 다른 사람의 엄마라도 역시 엄마 손맛이다. 항상 감사히 받고 있다.

그릇에 담긴 밑반찬이 냉장고 안에 있다는 사실 또한 뿌듯했다. 다만 톳 한 봉지를 전부 요리해 대량으로 톳 조림을 만들어버려서 곤란해졌다. 톳 조림은 그리 쉽게 줄어들지 않아서 문제다. 상하기 전에 매일 열심히 먹어야겠다.

xx월 xx일

우연히 54대 요코즈나 스모 리그에서 가장 높은 등급을 가진 장사인 와지마(輪島) 씨를 만나게 될 기회가 있었다. 와지마 씨는 내 기억 속에서 가장 오래된 요코즈나로, 겨자색 샅바를 자주 둘렀다.

와지마 씨는 육십 대인데 지금도 사람들 사이에 있으면 눈에 띄게 큰 풍채를 자랑한다. 어쩐지 그 모습만 보고 있어도 기분이 좋아진다. 요코즈나란 그런 존재인가.

와지마 씨 주위에 있는 중년들은 모두 크게 기뻐하며 함께 사진을 찍는다. 흔쾌히 기념사진을 찍어주는 와지마 씨. 남자들까지 볼을 붉히며 '꺄아!' 하고 환호성을 지른다.

유명인을 만나면 사람들은 흥분한다. 나는 길을 걷거나 레스토랑에서 유명인을 발견하는 일이 잦아서 은근히 자부심을 느끼고 있다. '아, 그 사람!' 하고 떠올리는 순간은 늘 기쁘다. 그 기쁨은 되도록 내 안에만 담아두는데, NHK 자연 다큐멘터리 속에서만 봤던 야생동물을 아프리카 사바나에서 실제로 봤을 때 느끼는 기분이 바로 이렇지 않을까?

특히 미인 배우나 스포츠 선수처럼 보통과 다른 육체적인 특징을 갖춘 유명인을 만나면 더욱 흥분한다. 예를 들어 작가라면 아무리 유명한 사람이라도 머릿속은 대단하겠지만 겉모습은 평범한 경우가 많다. 하지만 여배우나 스포츠 선수는 보는 순간 이미 특별하다는 사실을 느낄 수 있다.

처음으로 현역 프로야구 선수를 만났을 때가 떠오른다. 얼굴 너비와 목 굵기는 같은데 가슴팍은 셔츠가 찢겨나갈 듯 두툼했고, 엉덩이도 심상치 않을 정도로 컸다. 육체가 가진 압도적인 존재감에 넋을 잃고 말았다. 그런 신체 앞에 서면 어중간한 지성 따위는 아무런 도움도 되지 않겠다는 생각이 든다.

스모는 스포츠가 아니라 본래 신의 영역에 속해 있었다고 한다. 그래서 스모를 신성하게 여기는 사람들은 경기장에 여성들을 못 들어오게 했다.

몸이 크고 헤어스타일이 특이하다고 해서 스모 선수의 존재감이 특별한 것은 아닐 것이다. 실제 스모 선수를 보니 보통 사람과 격이 다른 육체에 할 말을 잃었다.

스모 선수를 좋아하는 '다니마치(谷町)'라 불리는 사람들도 이해가 간다. 신성하게 여겨지는 육체를 지닌 젊은이에게 원하는 만큼 고기를 먹이거나 술을 사 주는 건 분명 즐거운 일이겠지. 스모 선수가 출세하면 기쁨은 더욱 배가 될 테고……. 고기와 술은 공물이나 다름없다.

하지만 스모 선수도 결국 보통 사람일 뿐이다. 그래서 과거 스모 협회에서 다양한 불상사가 일어났던 게 아닌가. 스모 선수가 은퇴할 때, 신(神)의 자리에서 물러날 때 귀찮은 현실이 밀어닥쳐 혼란스러웠던 건 아닐까?

하나다 마사루 이후 일본인 스모 챔피언은 탄생하지 않고 있다. 요즘 한창 우승을 경쟁하는 것도 외국인 선수들뿐. 그러나 와지마 씨를 만나니 오랜만에 일본인 선수가 강했던 시절이 떠오른다. 어딜 봐도 일본인다운 챔피언이었던 와지마 씨에게 악수를 청했다. 스모 챔피언과 악수를 하다니…… 물론 태어나서 처음 있는 일이다. 손이 굉장히 커서 내 손이 쏙 들어간다. 앞으로 뭔가 좋은 일이 있을 것 같은, 오래 살 것 같은 그런 악수였다.

치
키
타

xx월 xx일

니가타를 여행하며 처음으로 야히코 선을 탔다.

야히코 선은 전체 길이가 2킬로미터도 안 되는 짧은 노선이다. 에치고노쿠니의 가장 큰 신사인 이야히코 신사를 향하는 노선으로 처음에는 사유철도가 운행했다. 종점인 이야히코 역은 마치 신사처럼 생긴 외관으로 역 앞에는 손을 씻는 곳도 있다. 역 자체가 특별하다.

그러고 보니 쓰바메산조 역의 야히코 선 탑승장 입구에는 도리이 鳥居, 신사 입구의 기둥문가 있었다. 이야히코 신사의 입구인 동시에 야히코 역의 입구임을 나타내는 건가. 야히코 선 전체가 성역 같은 느낌이었다.

처음으로 타는 노선에 어쩐지 설렌다. 어떤 차창 풍경이 펼쳐질지 가슴이 두근두근하다.

과거 '철도를 좋아한다'고 공언한 이후 철도 관련 일이 심심찮게 들어왔다.

'일본 노선은 전부 타보셨죠?'라는 질문을 받기도 하지만 그렇지는 않다. 철도는 좋아하지만 그저 타는 것만으로 만족했기 때문에 모든 노선을 타본다거나 철도 지식을 적극적으로 습득하지는 않았다.

미야와키 슌조가 1978년에 발표한 데뷔작 『시간표 2만 킬로』 이후 모든 철도 노선을 타는 게 철도 취미의 한 장르가 되었다. 이 책은 회사에 근무하면서 취미로 철도를 꾸준히 타던 저자가 (당시) 국철 전 노선을 탑승했던 기록을 담았다. 중학생이었던 나는 이 책을 읽고 철도가 좋아졌는데, 그렇다고 언젠가 반드시 전 노선을 타야겠다는 생각은 하지 않았다.

이는 어쩌면 남녀 차이일지도 모른다. '되도록 많은 노선을 타보고 싶다' '모든 노선을 타고 싶다'는 건 수집벽 중 하나라 해도 좋으리라. 그들은 어떤 노선에 '탔다'는 경험을 일일이 수집해나간다. 마치 남자아이가 장난감 괴물을 모으는 데 열을 올리는 것처럼, 그리고 성인 남자가 파이프나 오토바이 같은 걸 모으고는 수집품을 바라보며 즐거워하는 것처럼. 수집은 남자의 일이던가.

철도는 수집하기에 적절한 취미라 할 수 있다. 『시간표 2만 킬로』시절과 비교하면 없어진 노선도 있겠지만 모든 노선을 타려면 그만큼 시간이나 돈이 필요하다. 아무나 전 노선을 타지 않기 때문에 도전해볼 만한 가치가 있다. '고서 수집'처럼 끊임없이 모아야 하는 일이 아니라 명확한 목표가 있는 수집 행위다. 철도 노선은 한정되어 있고, 새로운 노선도 그리 쉽게 늘어나지 않는다. 물론 사유철도가 늘어나겠지만 어쨌든 목표는 뚜렷하다.

이미 모든 노선을 타본 사람을 보고 있으면 항상 '다음에는 무엇을 모을까' 하고 수집에 굶주려 있는 것 같다. 가끔 새로운 노선이 생긴다고 하면 짧은 노선이라도 곧바로 달려가 타고, 끝나는 게 아쉬워 도착역 바로 전 역에서 내리는 사람도 있다.

『시간표 2만 킬로』에서도 저자는 마지막 남은 아시오 선(현재 와타라세 계곡철도)을 타자 '열차 시각표는 변함없이 열려 있지만 긴장감이 떨어진다. 바라보기만 할 뿐 예전처럼 의욕이 생기지 않는다'고 고백한다. '일단 목표를 끝내고 뭔가를 잃어버린 게 분명하다. 모든 노선을 탑승해보는 일도, 시각표도 아니다. 더 큰 뭔가가 있었던 것 같다.' 아무래도 번아웃 증후군인가?

물론 미야와키는 그 후『가장 긴 편도 열차표 여행(最長片道切符の旅)』을 비롯해 많은 저서에서 철도의 다양한 매력을 독자에게 소개했다. 그가 죽은 뒤 십 년이 흐른 지금『시간표 2만 킬로』마지막 부분을 다시 읽어봤다. 철도를 타고, 글을 썼던 일은 즐거움과 동시에 그에게 고행이었을지도 모른다는 생각이 든다.

수집 목표에 도달한 이후 어떻게 자신의 의욕을 다시 북돋을 수 있었을까?

철도가 지닌 매력에 사로잡혀 끊임없이 도전하는 남자들을 보고 있으면 남자와 여자는 정말 다른 생물인 것 같다. 태어날 때부터 남성들은 포획한 사냥물 수와 자손의 명수로 경쟁했을 것이다. '많이 모은다'는 건 다시 말해 자신이 얼마나 뛰어난지를 보여주는 증거였고, '모으지 못하는' 남자는 아마도 살아남기 힘들었으리라. '일단 많이 모으고 싶다'는 정신이 현대를 살아가는 남자들한테도 여전히 남아 있는 듯하다.

야히코 선은 차량이 두 개밖에 없는 귀여운 열차였다. 하차할 때 손으로 문을 여는, 소박한 열차. 덜컹덜컹 흔들리는 느낌을 마냥 즐기며, 그리 길지 않은 시간이었지만 꾸벅꾸벅 졸았다.

'철도 탑승 노트'를 갖고 있지만 집에 돌아가도 야히코 선에 표시하지는 않을 것이다. 내게는 멍하니 열차에 몸을 싣고 가는 시간만이 소중할 뿐이다. 남자들이 많은 사냥감을 찾아 산에서 필사적으로 싸우고 있을 때, 숲에서 꽃을 발견하고 '예쁘다'고 말하던 여자들의 기분과 그리 다르지 않을 거라 생각한다.

xx월 xx일

탁구 개인 수업을 받고 있다. 특별한 이유는 없다. 시합에 나갈 일도 없어 특별히 실력을 늘릴 이유도 없다. 그저 탁구가 재미있을 뿐이다.

거의 나이 든 사람들이 탁구 연습을 하는데 모두 실력을 올리느라 정신없다. 코치한테 진지하게 탁구에 대한 질문도 한다.

하지만 나는 늘 스물네 살의 남자 코치와 쓸데없는 이야기를 주고받는다.

'근처에 프레쉬니스 버거집이 생겨서 기쁘다.'

'길 가던 스모 선수가 입은 전통 옷 무늬가 예뻤다.'

어떨 때는 후쿠하라 아이 일본 탁구 선수를 흉내 내면서 공을 주고받는다.

그런 나도 가끔은 새로운 기술을 배운다. 이날 배운 것은 '치키타 리시브'. 올림픽에서 탁구시합을 봤다면 알지도 모른다. 상대방이 친 공을 테이블 위에서 강한 백스핀을 걸어 넘기는 기술이다. 바나나처럼 공 라인이 휘어진다고 해서 치키타라고 부른다. 왜 바나나가 아닌 특정 브랜드 이름을 붙였는지 수수께끼다. 요즘 탁구계에서는 이 치키타 리시브가 유행하고 있다고 한다.

손목을 획 뒤집는 것처럼 회전을 걸면서 상대방 공을 받아친다. 어렵지만 여러 번 연습을 반복하니까 그럴싸하게 칠 수 있게 되었다.

역시 칭찬에 능숙한 코치는

"나이스! 사카이 씨, 잘하는데요!"

격하게 칭찬한다.

앗싸, 치키타 리시브 첫 성공, 기쁘지 아니한가.

생각해보면 어린 시절에는 '첫 성공'의 연속이었다. 처음으로 자전거를 탔다거나 처음으로 철봉에 거꾸로 매달리기를 했다거나, 그때는 세상이 뒤집어질 것처럼 큰 사건이었지.

체조 올림픽 경기를 보면 사람의 기술이라고는 생각하기 어려운 엄청난 기술들이 펼쳐진다. 선수들도 '첫 성공'을 거듭하면서 기술을 터득했겠지.

특히 스포츠 기술은 처음 성공하는 순간이 자기도 모르게 찾아오는 경우가 많다. 하지 못하던 기술을 어느 한순간에 갑자기 '딱' 성공하더니 그다음부터는 특별히 의식하지 않아도 쉽게 할 수 있게 된다.

새로운 문을 여는 것과 같은 느낌이다. 문을 계속 두드리면 어느 날 갑자기 부드럽게 문이 열리듯이. 문 너머 펼쳐질 새로운 세계를 기대하기에 운동을 멈출 수 없는 것인지도……

xx월 xx일

신이 나서 치키타 리시브를 열심히 되받아치던 그다음 날 오른손 손가락이 아파온다. 컴퓨터를 치고 나니깐 묘하게 삐걱거리는 느낌이다. 치키타를 너무 많이 쳤던 걸까, 아니면 컴퓨터 엔터키를 너무 두드린 걸까? 중년이 되면 몸 이곳저곳에 작은 노화 현상들이 나타났다가 사라지기도 하는데 손가락이 삐걱거리는 건 처음 있는 증상이다. 발전도 하지만 퇴화도 하는 것, 이게 중년이로 구나.

삐걱거리는 느낌이 들지만 아프지는 않아서 방치하기로 한다. 노화도 여러 가지 모양새로 나타나는 것 같아 재미있다. 노화는 나랑 상관없다고, 다른 세상일이라고 생각했던 시절에는 노화 증상으로 주름이나 흰머리밖에 몰랐었다. 실제로 겪어보니 의외의 부분이 간지럽거나 어느 날 갑자기 어딘가가 아프거나, 비대해지거나 쪼그라들거나, 딱딱해지거나 부드러워지거나, 변색하거나 탈색하거나, 정말 가지각색이다.

집도 지은 지 사십 년이 지나면 이곳저곳 문제가 생기기 마련이다. 몸도 마찬가지다.

아직 거동이 불편하지는 않지만 언젠가 지금껏 하던 일을 못하게 되는 사태에 직면하겠지. 다시 말해 첫 성공이 아닌 첫 실패에 놀라는 날도 분명 올 것이다. 이윽고 첫 실패의 수만 늘어나게 될 것이다. 틀림없이.

그러고 보니 얼마 전 생일 선물로 지인이 세련된 돋보기를 줬다. 인생 최초로 받아보는 노안 제품이다. 옛날에 할머니가 돋보기를 쓰고 신문을 읽던 모습이 떠오른다. 바늘구멍에 실을 꿰는 일도 어려워하셨지.

당시에는 그게 얼마나 어려운 일인지 실감하지 못했지만 앞으로는 할머니의 기분을 점점 이해할 수 있게 되리라. 돋보기를 쓰고 신문을 읽으며 할머니를 못 도와드린 걸 후회하려나.

　그리고 다른 지인한테 받은 생일 선물은 '뜸 제품'. 이런 선물이
고마워지는 나이가 되었네. 정말.

누
나

xx월 xx일

난생처음 벼루를 샀다. 서예를 다시 시작해보려고 한다.

내 또래 여성은 어린 시절에 대부분 피아노나 서예 학원을 다
녔을 것이다. 일찍부터 피아노에 재능이 전혀 없다는 사실을 자각
했지만 부모님은 모처럼 피아노를 샀다며 못 그만두게 했다. 초등
학생 때 피아노 교실에 가기가 너무 싫어서 맥도날드에서 땡땡이
쳤다가 부모님한테 죽을 만큼 혼났더랬다.

그에 반해 서예는 싫어하지 않았다. 재능이 있던 것도 아니고,
지금도 글씨를 못 쓰지만 붓으로 힘 있게 글자를 쓰는 행동이 성
격에 맞았다. 조금 과장해서 말하면 글씨를 쓰는 느낌이 좋아 지
금까지 서예를 하는 건지도 모른다.

어렸을 때 다닌 서예 교실은 선생님이 연세가 많아서 중학교에 들어갈 무렵 문을 닫았다. 그 후 붓 쥐는 일이 없었다가 스물여덟 살에 혼자 살기 시작하면서 근처 서예 교실을 발견하고 다시 도전했다. 그곳에서 십오 년 정도 서예를 배웠다.

이렇게 말하면 글씨를 꽤 잘 쓸 것 같지만 서예 세계를 알게 된 순간 내 실력은 서도가 아닌 습작 수준이라는 사실을 깨달았다. 서도 글씨에는 '가나(かな)' 세계도 있는데 나는 특히 가나 서체에 재능이 없었다. 그 우아한 선은 나한테는 무리였다. 하지만 쾌활한 선생님과 같이 수업 듣던 상냥한 이웃 아주머니들(서예 세계에는 아주머니가 많다)의 격려를 받으며 서예를 계속했다. 아쉽게도 이사를 하면서 그만뒀다. 그런데 서예를 중단하자 '쓰고 싶다'는 기분이 샘솟아 이번에 다시 도전하게 되었다. 그리고 벼루를 사기에 이른 것이다.

지금까지 벼루가 없었냐고? 아니다. 초등학생 때부터 부모님이 사준 벼루를 사용해왔다. 대부분 아이들이 갖고 있던 서예 세트 안에 들어 있는 바로 그 벼루다(하지만 요즘 초등학생들이 사용하는 벼루는 플라스틱 제품이라고 한다).

심기일전해서 중국의 훌륭한 돌로 만든, 약간 고급스런 벼루를 구입해본다. 벼루의 세계도 아주 심오하다던데, 고급 벼루는 미술품과 같아서 한 번 빠지면 전 재산을 날릴 정도라고 한다. 벼루에는 빠지지 말아야겠다고 다짐한다.

모양은 단순한 사각형이다. 어른스럽다.

"평생 사용할 수 있답니다."

서예용품점 주인은 말한다.

'이 벼루에 어울리는 글씨를 쓸 수 있었으면 좋겠다고요…….'

문득 '평생'이라고 했는데 '남은 평생'이 의외로 짧을 수도 있다는 생각이 뇌리를 스친다. 옛날에는 '평생'이라고 하면 먼 미래로 여겨졌었는데……

아무튼 벼루를 집 안에 썩히는 일이 없도록 서예를 계속하자.

xx월 xx일

태어나서 처음으로 연하한테 '누나'라고 불렸다. 누나라는 이 단어, 남성이 직장에서 자기보다 나이가 많은 여성에게 많이 사용하는 말이다. 대개 여장부 스타일에 믿음직스럽고, 후배에게 하고 싶은 말은 다 해버리는, 연하가 따를 만한 사람이 '누나'라고 불리는 듯하다.

'누나'는 최근 들어 인기 있는 호칭이다. 직장에서 나이가 들어도 계속 일하는 여성이 옛날과는 비교할 수 없을 만큼 늘어났기 때문에 이 호칭이 유행하고 있는 게 아닐까?

일본인은 본래 타인을 부를 때마다 일일이 '자기보다 연하인지, 연상인지'를 신경 쓰는 민족이다. 연상한테는 '○○ 씨' '○○

선배' 'OO 부장' 등 어떤 경칭을 붙이고, 연하한테는 경칭을 안 붙인다.

일본이 유교 문화권에 속해 있기 때문이리라. 연상한테는 존댓말을 쓰고 나이가 같거나 아래인 사람한테는 반말을 쓰는 문화다. 일본에서는 22세기가 돼도 연상, 연하 상관없이 호칭하는 일은 결코 일어나지 않겠지.

옛날에는 회사에서 '나이 든 여성'이나 '지위가 높은 여성'이 많지 않았다. 모두 결혼하거나 출산하면 직장을 그만둬야 했기 때문이다.

그러나 요즘에는 결혼이나 출산 후에도 일을 계속하는 사람이 많다. 여성들은 착실히 경력을 쌓아 직장에서 믿음직한 존재가 되고 있다. 따라서 젊은 남자들은 그런 여성을 부를 때 '당신은 나보다 훨씬 나이가 많지요!'라는 의식을 드러내고 싶었던 것이다. 상대방이 여성이라는 이유로 단순히 연장자에 대한 존경이 아니라 더욱 친밀감을 담은 호칭이 필요했던 건 아닐까. 그래서 '누나'라는 호칭이 필요했던 걸까?

조폭 세계에서 사용되는 '누나' 이미지도 있다. 말단 조무래기가 형님 아내를 부를 때 동경심을 섞어 '누나'라고 부르지 않던가. 그런 세계에서는 생판 타인이라도 형님 누님 하면서 강한 결속력이 생기는데, 비행 청소년 세계도 마찬가지다. 청소년 세계에서도 혈연관계 같은 걸 맺고 싶어 하는 사람이 많고, 연예계에서 젊은 여배우가 나이 든 여배우를 '어머니'라 부르는 것도 그 영향이라고 생각한다.

세상이 그렇게 흘러가고 있는 요즘, 일반 직장에서도 그런 분위기가 퍼진 것은 아닐까. 「조폭 마누라들 일본 영화 이름」에 나오는 가타세 리카 일본 배우처럼 존재감을 가진 여성이 직장에서 많아지고 있다. 조폭 세계에서 조무래기 같은 남자들이 그녀들을 '누나'라 부르고 싶어 하는 것도 충분히 이해할 수 있다.

하지만 내겐 '누나' 자질이 전혀 없다. 나는 '나를 따르라!'며 총대를 메지 않고 오히려 다른 사람을 잘 따른다. 의존심이 많다고나 할까.

후배한테 주저 없이 반말을 날릴 수 있는 도량도 없다. '어린 사람이 싫어하면 어쩌지?' 하며 지나치게 눈치 보다가 무뚝뚝해져서 '무서운 선배'로 오해받기 십상이다. 그래서 지금까지 한 번도 '누나'라 불린 적이 없었다.

그런 내가 처음으로 '누나'라 불린 것이다. 상대는 스물네 살의 남성, 내 탁구 선생님이다. 선생이라고는 하지만 나이가 훨씬 어려서 지금까지 늘 농담을 주고받으며 탁구를 쳤는데, 그 결과 마침내 '누나'가 된 것이다. 꽤 들뜬다. 뭐랄까, '어린 남자와 마음이 통했다!' 그런 느낌이랄까. 중년 여성으로서 벽 하나를 깨트린 것 같다. 그리고 약간 아름다운 여성이 된 듯한 느낌이다.

내가 '누나'라는 호칭을 동경하고 있었다는 사실을 그때야 자각했다. 요즘 화제에 오르는 중년 여성은 나이를 가늠할 수 없는 젊음과 아름다움을 자랑하는 '동안 미녀'인데, 그런 존재는 불편하다. 노화를 발견해도 못 본 척 해야 하고, 늘 아름다움을 걱정해야하기 때문이다.

하지만 '누나'는 쓸데없는 배려와 걱정을 하지 않아도 된다.

'흰머리가 늘어난 거 아냐?'라고 물어도

'이 나이에 당연한 일이잖아!'

웃으며 대꾸하면 된다.

나는 그런 '누나'가 되고 싶었던 모양이다.

사회에서 오롯이 '누나'의 길을 걸어 간 사람이라면 다음은 '어머니'로 승격하지 않을까? 아직 초보 누나지만, 언젠가는 어머니 비슷한 존재도 되어보고 싶다.

xx월 xx일

동네에 나고야 모 커피숍 체인점이 생겼다. 특별히 이름을 숨길 이유도 없다. 고메다 커피숍이다.

도카이 지방에 가면 '고메다네!' 기뻐하며 종종 들어갔던 커피숍. 우리 동네에서 발견했을 때는 '설마 이렇게 가까운 곳에 생길 줄이야' 하며 놀랐었다.

도쿄는 다른 도시에 있는 가게를 탐욕스럽게 빨아들이는 도시다. 파리의 무슨 카페, 뉴욕의 무슨 백화점, 하와이의 무슨 팬케이크점 등을 유치해서 멋지게 성공시킨다.

하지만 그런 가게는 대개 세련된 거리의 세련된 가게다. 나고야의 고메다 커피는 매우 편안한 분위기의 커피숍이기는 하지만 특별히 세련되지는 않았다. 그런데 도쿄는 그것마저 빨아들여 자기 것으로 만들고 싶어 한다.

동네에 고메다가 생긴 걸 발견했을 때 스타벅스가 생겼을 때와는 다른 느낌이었다. 스타벅스는 도쿄에서도 가장 세련된 거리부터 순서대로 들어섰다. 우리 동네에는 시간이 한참 흘러도 들어서지 않았다. 다른 동네에는 속속 생기는데 우리 동네에는 시선조차 주지 않았다. '세련되지 않은 동네'인 모양이라며 반쯤 포기했을 무렵 늦장 부리며, 아니, 그보다는 '더 이상 어쩔 수 없어서'라는 느낌으로 동네에 등장한 것이다.

그때 '드디어 우리 동네에도⋯⋯'라며 기쁘기보단 안심이었다. '이제 와서 스타벅스라니, 필요 없다고! 도토루로 충분해!' 솔직히 살짝 삐쳐 있었다. 그러나 우리 동네 사람들은 세련된 것에 굶주려 있었고, 지금까지 스타벅스는 하루도 쉬지 않고 성업 중이다.

하지만 고메다 커피를 발견했을 때는 마냥 기뻤다. 나는 나고야의 맛을 꽤 좋아한다. 고메다 커피 오리지널의 시로노왈(데니쉬 빵 위에 부드러운 크림을 올린 것)도 나고야의 맛이다. 오구라 토스트도 언제든 먹을 수 있다니⋯⋯ 얼마나 신이 났던지.

근데 그와 동시에 '왜, 우리 동네지?' 의문이 들었다. 도쿄에는 수많은 동네가 있지만 고메다 커피가 들어선 곳은 별로 없다. 스타벅스는 세련된 거리라면 어디든 들어서지만 고메다는 어떤 기준으로 우리 동네를 선택했을까? 문득 그런 궁금증이 생겼다.

뭐, 적어도 세련된 순서는 아니겠지. 그렇다면 혹시 '나고야스러움?'

고메다 커피숍이 문을 열고 열흘 동안 얼마나 손님이 많던지 가게 안에 들어가는 걸 포기했을 정도였다. 교자노오쇼라는 만두집이 들어섰을 때도 손님이 엄청났는데 이 동네 사람들은 아무튼 새로운 것(체인점입니다만)에 약하다.

'개업 열기도 어느 정도 식었겠지?' 오늘 가보니 무사히 들어갈 수 있었다. 된장 샌드위치나 새우튀김처럼 매혹적인 나고야 메뉴가 식욕을 자극했지만 꾹 참고 커피를 주문했다.

점원은 커피와 함께 작은 봉지에 든 콩 과자를 갖다주었는데 이는 도카이 지방 특유의 서비스 문화다. 그러나 이곳은 도쿄다.

"어머, 이게 뭐예요? 이런 건 시키지 않았는데"라고 말하는 손님을 위해 점원이 미리 덧붙여 말한다.

"이건 서비스로 나오는 콩 과자입니다!"

서점을 정리하다가 오랜만에 발견한 츠츠이 야스타카 일본 소설가이자 배우의 단편을 들고 왔다. 커피를 마시며, 콩 과자를 우물거리며, 책을 읽었다. 재미있었다. 그리고 웃겼다. 웃음을 참을 수가 없었다. 고개를 파묻고 몰래 웃었더니 콩의 자잘한 파편이 목 점 막에 달라붙어 괴로웠다. 목이 메었다. 웃으면서 기침을 했다.

이런 행동이 어울리는 건 역시 스타벅스가 아닌 고메다. 동네의 고메다 개업을 진심으로 축하한다.

우
표

xx월 xx일

우리 집안의 묘는 신오쿠보에 있다. 지금은 일본 최고의 코리아타운이 된 동네다. 한류 가게가 밀집해 있는 주변에 고즈넉한 절이 자리하고 있다.

한류를 좋아해서 일부러 신오쿠보에 자리 잡은 것은 아니다. 단순히 선조가 그 주변에 살고 있었기 때문에 묘도 그곳으로 정했는데, 장례를 치르게 되면 너무 독특한 장소에 절이 있어서 참석자들 모두가 놀란다.

"왜 이곳에서 장례를 치르는 거예요······?"

이렇게 묻기도 한다.

역에서 절까지 거리는 얼마 안 되지만 한류 팬들이 거리를 가득 메우고 있어 좀처럼 앞으로 나아가지 못한다. 그래서 성묘를 갈 때 늘 고생한다.

신오쿠보는 원래 관광지가 아니었다. 어렸을 때는 살짝 아시아 타운이 되어가는 분위기였지만 보통 상점가였다. 점차 코리아타운으로 변하면서 최근 한류열풍으로 순식간에 관광지가 됐다. 거리에서는 한류 지도를 나눠주고, 한국 요릿집에는 긴 줄이 늘어서 있다. 뒷골목에는 한류 연예인 숍과 수상쩍은 호텔이 뒤섞여 있다. 일본 전국에서 젊은 여성들이 이곳으로 모여든다.

관광객과 주민은 걷는 속도가 다르다.

'뭐 먹을까?'

'여기 들어가 볼까?'

서로 말하며 걷는 관광객의 걸음은 소보다도 느리다. 반면 지역 주민이나 나처럼 한류에 관심이 없고, 다른 용무가 있어 찾아온 사람은 목적지를 향해 빠르게 걷고 싶어 한다. 그 속도의 차이가 곳곳에서 알력을 일으켜 나를 포함한 일반인들은 참다못해 차도로 나가 관광객 물결에 휩쓸리기를 거부한다. '교토 같은 관광지에 사는 사람도 힘들겠구나'라고 생각하며.

그러던 어느 날, 친구와 함께 부모님 성묘를 가게 되었다. 학생 시절부터 친구인 A는 우리 부모님과 할머니와 친했던 데다가 신오쿠보에도 자주 가는 열렬한 한류 팬이다. 아울러 A는 이병헌을 닮았다. A에 따르면 나는 배용준을 닮았다고 한다.

"어쩌지, 관광객들한테 둘러싸이면?"

"그보다 우리 두 사람, 나이가 많지 않아?"

수다를 떨며 신오쿠보로 향했다.

인파를 헤쳐 절에 도착했다. 절 안으로 한 걸음 들어서자 정적이 우릴 감쌌다. 거리의 떠들썩함이 마치 거짓말처럼 느껴졌다.

A는 과연 며느리 경력이 오래된 만큼 꼼꼼하게 청소를 하고, 향까지 피워주었다. 풀숲 뒤에서 부모님과 할머니는 분명 기뻐하셨으리라.

성묘로 차분히 가라앉은 마음으로 절 밖으로 나가니 풍경은 순식간에 변해 관광지가 되었다. 모처럼 신오쿠보에 나왔으니 한국 요리로 점심을 먹기로 했다.

나는 그 순간부터 신오쿠보에서 처음으로 '관광객'이 되었다.

"여기가 꽃미남 거리야. 꽃미남은 별로 없지만."

A는 이것저것 가르쳐주면서 걷는데 나도 소보다 늦게 걷고 있지 않은가. 지금까지 그렇게 '정말 관광객은 골칫거리야!' 짜증을 내며 걸었는데

'점심은 어디서 먹을래?' 하며 갑자기 걸음을 멈추기도 하는 것이 아닌가.

그 순간 A가 누군가와 심하게 부딪혔다. 우연히 '떠밀렸다'기보다는 과감한 태클에 가까웠다.

"아얏! 뭐야, 저 사람!"

A는 얼굴을 찌푸렸지만 그 남자는 엄청난 기세로 빠르게 사라졌다.

"너무하네……."

A의 등을 쓰다듬었지만 그 남자의 마음도 왠지 이해할 수 있을 것 같았다. 그는 이곳 주민으로, 관광객 때문에 늘 짜증이 나 있었던 것이리라. 그래서 분풀이로 길을 걸을 때마다 관광객한테 태클을 걸고 있었던 게 아닐까.

관광객과 주민이 뒤섞이니 이런 피해가 발생한다. 평범하게 생활하고 싶은 생활자의 마음도 이해하지만, 관광하러 오는 사람들이 일렬로 줄을 서서 나란히 걸으며 구경할 수도 없는 노릇 아닌가. 관광객은 생활자의 마음과 분명 다르기 때문에 디즈니랜드처럼 관광객이 주위를 전혀 신경 쓰지 않고 다녀도 안전할 수 있도록 특별한 구조가 필요하다.

"하지만 저런 사람이 칼을 들고 있거나 하면 무차별 폭행이 되어버리는 거잖아?"

"찔리지 않은 만큼 운이 좋았다고 생각해두자"라고 말하며 뒷골목의 한국 요릿집으로 향한 우리. 신오쿠보를 관광지로 더욱 발전시키려면 어떤 조치가 필요할 것 같다.

xx월 xx일

신문을 읽다가 '가을 우표 축제'라는 광고를 발견했다. '우표'라는 두 글자가 내 마음을 두드린다.

어렸을 때, 우표 수집이 한창 인기였었다. 어른뿐만 아니라 아이들도 옛날 우표나 진귀한 외국 우표 등을 모았다. 나도 그리 열심히는 아니었지만 우표를 조금 모으기는 했다.

그 후에도 왠지 모르게 우표를 좋아했다. 우표뿐만 아니라 '우편'에 관련된 시스템 전부가 좋았다. 학생 때는 연하장을 나눠주는 아르바이트를 동경했다. 지금도 우체국에 가면 일해보고 싶다는 생각이 든다.

그래서 그런지 편지나 엽서 종류를 많이 쓰는 편이다. 여행지에서 조카나 이웃집 친구 등 엽서 친구에게 반드시 여행지의 그림엽서를 보낸다. 쓸데없는 말을 몇 마디 적을 뿐이지만 여행지우표나 계절에 어울리는 우표를 붙여 보내는 순간이 정말 즐겁다.

함께 많은 여행을 한 친구 중에는 여행 친구인 동시에 엽서 친구인 경우도 있다. 그런 친구와 여행을 갔을 때는 반드시 찻집에서 그림엽서 보내는 시간을 갖는다. 다같이 여러 장의 그림엽서를 쓰는 모습은 정말 무슨 일을 하고 있는 것처럼 보인다.

그런 이유로 나는 우체국에서 예쁜 우표를 볼 때마다 무더기로 산다. 옛날 우표 중에는 멋진 게 많은데 그런 우표를 상품권숍에서 발견하기도 한다.

이번에 우표 축제라는 이벤트를 처음으로 알게 되었다. 분명 우편과 관련된 취미를 갖고 있는 사람들한테는 문화제 같은 것이리라. 유라쿠초 교통회관에서 개최되는 '축제'에 가보기로 했다.

넓은 회의실에 들어서자 정말 문화제에 온 듯했다. 전국에서 옛날 우표를 취급하는 많은 가게들이 부스에서 다양한 상품을 진열하고 있었다. 옛날 우표 용지, 사용한 우표, 오래된 편지, 외국 우표……. '정말 이런 것이 갖고 싶을까?' 생각되는 상품도 있었지만 그중에는 가격이 엄청나게 비싼 것도 있었으니 취미의 세계란 정말 알 수 없다.

예상한 대로 그곳은 남자들 세상이었다. '나이 든' 남성들이 부스 앞에 나란히 놓인 파이프 의자에 앉아 우표 다발 속에서 자신이 원하는 걸 말없이 고르고 있었다. 남자들로만 가득한 그 모습은 신오쿠보와 확연히 달랐다.

남자들로만 가득해서 처음에는 엉거주춤 물러났지만 분위기에 익숙해지면서 나도 파이프 의자에 앉았다. 그리고 여러 가지 우표를 보는데, 있다, 있어! 내가 원하는 우표. 대부분 손님이 남자인 탓에 겨우 목각 인형이나 민예품, 옛날이야기를 중심으로 한 귀여운 우표 시리즈를 찾아냈다. 이것저것 전부 집어 들었다.

다른 부스에 가니 근대미술 시리즈도 있고, 기시다 류세 일본 서양화가나 무나카타 시코 일본 판화가의 그림 우표도 있었다. 앗, 다케히사 유메지 일본 화가이자 시인 꺼도 발견! 귀여워 죽겠네? 그만 대량 구입하고 말았다.

나는 어디까지나 사용하기 위해 우표를 산다. 하지만 이곳에

온 남성들은 수집을 위해 우표를 고르고 있으리라. 귀여운지 어떤지 상관없이 수집품으로 가치가 있는지를 보고 있을 게 틀림없다. 이곳저곳에서 우표 수집계의 중진들로 보이는 할아버지들이 우편 전문 용어를 구사하며 담소를 나누고 계셨다.

그들과 나 사이에는 같은 우표를 원하면서도 전혀 다른 마음이 존재한다. 나는 '어떤 게 좋을까?' 하고 상대방 취미를 생각하며 우표를 골라 편지에 붙이는, 그 순간이 즐겁다. 그리고 우체통에서 여행을 시작해 상대방 집에 도착하는 그 여정과 함께하는 마음이 좋다.

따뜻해진 기분으로 문화제를 나와 지하의 디저트 카페에서 한숨 돌리며 구입한 우표들을 가만히 바라봤다. 겨우 몇 센티미터 네모난 공간 속에 얼마나 풍요로운 세상이 펼쳐져 있던지. 아아, 예뻤다. 차를 홀짝거리며 우표 속으로 빠져들었다. 과연 내 남은 인생에서 이 우표들을 얼마나 사용할 수 있을까? 매우 궁금하기도 하다. 그래도 '손에 넣었다'는 것 자체가 매우 기쁜 것 또한 사실이다.

xx월 xx일

탁구 시합에 나갔다. 이사를 하고 탁구를 배우기 시작한 지 일년 육 개월만이다.

'이제 슬슬 시합에 한 번 나가보실래요?' 하고 코치가 권했다.

탁구 시합이 처음인 것은 아니다. 하지만 중학생 시절 이후 무려 삼십 년 만이다. 두 번째 첫 경험이라고 할 수 있으려나.

최근 두 번째 첫 경험이 늘고 있다. 옛날 실력을 다시 한 번 발휘해보고 싶은 나이인 것이다.

어렸을 때 나는 시합에 약했다. 몹시 긴장하는 성격이어서 연습에서 잘하다가도 시합에서 실력을 발휘하지 못한 채 패배를 거듭했다. 시합에만 나가면 울고는 했었다.

그러나 어른이 된 지금, 상황은 조금 다르다. 시합 며칠 전부터 '아마 긴장하겠지, 그런데 긴장이 어떤 느낌이었지' 하며 긴장감을 즐기는 듯했다. 그리고 시합 당일, 예상한 대로 긴장됐지만 긴장해 있는 자신을 '어? 긴장하고 있네'라며 객관적으로 볼 수 있게 되었다.

스포츠 선수가 흔히 말하는 '긴장감을 즐기라'는 말은 믿을 수 없다. 막상 시합이 닥치자 의외로 평소처럼 경기할 수 있었다.

결국 진 경기가 이긴 경기보다 많았지만 두 번째 첫 경험으로 나쁘지 않은 결과다. 아아, 중학생 때부터 이런 마음가짐이었다면 얼마나 좋았을까 생각한다. 하지만 위가 입 밖으로 나올 듯한 긴장감도 젊음의 특권일지 모른다.

오
페
라

xx월 xx일

1990년에 개봉한 영화 「귀여운 여인」을 기억하고 있다. 거리
매춘부인 줄리아 로버츠(비비안)를 만난 경영가 리차드 기어(에
드워드)가 그녀를 세련된 여성으로 탈바꿈시켜준다는 내용으로
「마이 페어 레이디」와 비슷한 스토리다. LA 고급 호텔인 비벌리
윌셔에서 먹는 딸기와 샴페인, 로데오 거리에서 쇼핑하는 모습 등
영화에서 보여주는 상류층 삶은 눈부셨다. '매춘부가 숙녀가 된
다'는 성공 스토리는 버블경제 당시 일본인 마음에 울림을 주었는
지 큰 인기를 끌었다.

가장 인상 깊었던 장면은 오페라를 관람하는 장면이었다. 갑부
인 에드워드는 제트기를 타고 비비안과 오페라를 보러 간다. 오페

라 관람이 처음이었던 비비안에게 에드워드는 말한다.

"오페라를 처음 보면 좋아하거나 싫어하지. 처음이 좋으면 오페라는 평생 친구가 될 거야. 싫으면 오페라를 영혼으로는 못 느낄 거야."

두 사람이 본 것은 「라 트라비아타」. 비비안은 오페라에 마음을 빼앗겨 감동한 나머지 마지막에 눈물을 흘린다. 그 모습을 본 에드워드는 오페라에 감동할 만큼 유연한 마음을 가진 비비안에게 더욱 빠져든다.

나는 지금까지 한 번도 오페라를 본 적이 없다. 서양 문화보다 동양의 것을 더 좋아해서 그런지 오페라보다 가부키를 자주 봤다. 오페라와 전혀 인연이 닿지 않았다.

때마침 친구와 함께 보러 가게 된 「세비야의 이발사」. 리처드 기어의 말처럼 처음 오페라를 봤을 때 내가 어떤 반응을 보일지 매우 궁금했다. 오페라 장면에서 줄리아 로버츠가 화려한 드레스를 입고 있던 걸 떠올리며 평소보다 조금 신경 써서 차려 입고 극장으로 향했다.

'나는 가부키를 좋아해'라고 호언장담하지만 사실 모든 종류의 무대를 보면 잠들어버리는 난치병을 갖고 있다. 영화건 연극이건 만담이건, 한순간도 자지 않고 마지막까지 전부 본 무대는 전체에서 10퍼센트 정도랄까. 끝까지 관람하는 경우는 아주 드물다. 대체로 공연이 시작하고 이십 분이 지나면 잠의 공격을 받는다. 그

후 눈을 뜨고 줄거리는 이해하는 정도로 보는 '대충 깨어 있는 무
대'와 계속 자느라 줄거리조차 전혀 모르는 '거의 잠들어버린 무
대'로 나뉘는데, 결론부터 말하자면 내 첫 오페라는 '거의 잠들어
버린 무대'였다.

시작부터 나쁜 예감이 들었다. 자막은 나오지만 말은 알아들을
수 없고, 노래를 잘하는 사람들이 낭랑하게 노래하는 위험한 형식
이었다. 처음 이십 분 동안 등장인물은 대충 파악했지만, 이후 기
절했다. 휴식 시간이 되어서야 눈을 떴다. 적어도 휴식 후에는 깨
어 있자고 다짐하며 눈을 치켜떴지만 어이없이 실신해버렸다.

해피앤드라는 사실은 어렴풋이 알았지만 자세한 줄거리는 뭐
가 뭔지. 자리에서 일어나 로비로 나가자 친구가 물었다.

"그래서 어때?"

드디어 두려워하던 질문. 오페라를 좋아하는 친구는 자주 보러
오는 모양이었다. 도저히 '줄거리를 모를 정도로 잠들었다'고 말
할 수 없었다.

"으, 응. 재밌었어. 모두 노래를 잘하네."

앞뒤가 맞지 않는 답을 할 수밖에 없었다.

아아, 내가 「귀여운 여인」의 비비안이었다면 이 시점에서 신데
렐라가 될 기회를 놓쳐버렸겠지. '오페라 같은 걸 보여줘봤자 소
용없다'고 생각했을 게 틀림없다.

돌아오는 전철 안에서(애당초 오페라 같은 걸 좋아하는 사람은

전철 따위는 타지 않네) '역시 서양 문화는 나하고 안 맞아' 하며 팸플릿을 펼쳐 든다. '이런 내용이었구나!' 그제야 이해했다.

xx월 xx일

'무대 운'이 있었던지 오페라를 보고 잠들어버린 후 얼마 지나지 않아 아라시 일본 아이돌 그룹 콘서트에 가게 되었다. '아라시'라고 하면 요즘 콘서트 티켓을 가장 구하기 힘들다는 아이돌 아닌가. 팬은 아니지만 '놓칠 수 없다'고 생각해 서둘러 나갔다.

장소는 도쿄 돔. 나이 상관없이 수많은 여성들로 넘쳤다. 할머니, 엄마, 딸 이렇게 삼대가 보러 오기도 해서 폭넓은 팬층한테 사랑받고 있는 것 같았다.

자니스 일본 연예 기획사 아이돌의 콘서트를 보는 것도 태어나서 처음 있는 일이다. 지금까지 살면서 자니스 아이돌에게 '꺄아' 소리치고 싶었던 적이 한 번도 없다. 중학교 시절에는 다노킨 자니스 아이돌 그룹이 인기였다. 그 후 히카리겐지니 뭐니 많은 자니스 아이돌이 등장했지만 그들에게 조금도 반응하지 않았다.

아라시는 모두 열심히 노래하고, 춤추고, 말했다. 예상과 달리 개개인의 수준이 높아서 놀랐다. 무대 장치도 화려해서 보면서 즐거웠다.

하지만 '꺄아꺄아' 소리치고 싶은 기분은 역시 들지 않았다. '열심히 하는구나' 미소 지으며 지켜보는 느낌이랄까.

208

태어날 때부터 '꺄아꺄아 구슬' 같은 걸 갖고 있는 사람과 갖고 있지 않은 사람으로 나뉘는 건 아닐까? 그 구슬을 갖고 있는 사람은 몇 살이 되건 '꺄아꺄아' 소리칠 테고, 갖고 있지 않은 사람은 평생 '꺄아꺄아' 소리치지 않는 건 아닐까?

중학생 때 맛치 곤도 마사히코, 일본 가수이자 배우에 홀딱 빠져서 '꺄아꺄아' 소리치던 내 친구는 초등학생 때는 뷰티 페어(라는 여자 프로레슬링 선수가 있었다)에 빠져 나중에 여자 프로레슬러가 되고 싶다고 할 정도로 '꺄아꺄아' 소리 질렀다. 지금은 한류 아이돌을 향해 '꺄아꺄아' 외치고 있다. 반대로 나는 예나 지금이나 유명인이나 연예인에게 빠진 경험이 한 번도 없다. 이는 '구슬'이 있고 없고의 문제가 아닐까?

그런 생각을 하며 아라시 멤버 이야기에 귀 기울이다 어느새 잠이 들고 말았다(아라시 열성 팬한테 걸리면 죽을지도 모른다). 열심히 눈을 떠보려 노력했지만, '역시 이곳은 정말 좋아하는 사람이 와야 할 곳'이라 생각하며 잠이 들었다.

xx월 xx일

연말이다. 크리스마스가 지나고 설날이 오기 전까지 새해맞이 준비를 하며 거리가 술렁거리는 시기가 나는 좋다. 대청소까지는 아니더라도, 중청소(아니, 소청소인가)를 하며 물건을 마구 내다 버리는 것도 즐겁다.

청소용품을 사러 드러그스토어에 갔다. 계산을 마치자 경품 추첨이 있으니, 도전해보라고 한다. 오오, 경품 추첨! 어차피 화장지 정도겠지만 연말이니 한 번 해볼까?

빙글빙글 돌아 톡 떨어진 구슬은 빨간색. '아, 늘 나오는 흰색이 아니네'라고 생각한 순간, 담당 여직원이 땡땡땡 종을 울렸다.

"축하드립니다!"

'설마 당첨? 하와이 여행일까? 로봇청소기? 어떡하지, 이런 우리 동네에서 창피해라. 게다가 이런 곳에 운을 전부 써버리면 안 된단 말이야!'

허둥거렸다. 당첨 운이라고는 털끝만큼도 없어 경품 추첨에서 종이 울리는 건 이번이 처음이다. 대체 뭘 받을까?

기쁨과 부끄러움이 뒤섞인 기분으로 기다리는데 여직원이 들고 온 것은 샴푸와 린스 세트였다. 1등은 아닌 모양이다. '그리 좋지도 않고, 나쁘지도 않다'는 말을 바로 이런 때 할 수 있으려나.

아무튼 추첨에서 화장지 말고 다른 상품에도 당첨돼보니 기쁘기는 하다. 샴푸와 린스여도 '꽤 괜찮은 한 해였다'는 기분이 든다. 마지막이 좋으면 전부 좋다는 말은 이를 두고 한 말일지도……

xx월 xx일

새해가 밝았다. 평소와 다름없는 설, 평화롭다.

생각해보면 태어나서 지금까지 도쿄의 부모님 집이 아닌 곳에서 설을 맞은 적이 없다. 젊은 시절 한창 놀던 때도 설 아침 떡국은 늘 집에서 먹었고, 여행지에서 해를 넘긴 일도 없었다. 시청하는 텔레비전 프로그램도 정해져 있다. 그믐날에는 NHK「홍백가합전」. 시시하거나 모르는 가수가 나와도 고집스럽게 본다. 그리고 설날 밤에는 NHK 교육 텔레비전에서 빈 필하모니의 새해 콘서트를 본다. 전부는 아니더라도 마지막「라데츠키 행진곡」정도는 본다. 2일, 3일에는「하코네 역전 마라톤」을 본다. 역전 마라톤에서 특히 다섯 번째 구간인 등산을 좋아한다. 그렇게 정석대로 설날 텔레비전 라이브를 고수하고 있다.

그러나 이번 설에는 평소와 다른 낌새가 보였다. 그믐날 간신히「홍백가합전」을 끝까지 봤지만 설날 밤에는 다른 일을 하다가 새해 콘서트를 놓치고 말았다. 그리고 2일 오후에는 친구와 영화를 보러 외출했다가「하코네 역전 마라톤」등산 구간을 보지 못한 것이다.

텔레비전이라고는 하지만 매년 하던 일을 하지 못해서 어쩐지 기분이 나쁘다. '무상하다는 말은 분명 이런 때에 쓰는 말이겠지' 생각한다.

그리고 3일, 근처 신사로 새해 참배를 하러 갔다. 요즘 뜬금없이 새해 참배가 유행하고 있나 보다. 특별할 것도 없는 근처 신사에도 참배객들이 줄을 서곤 하는데 3일이 되니 다행히 신사는 비어 있었다.

참배를 마치고 늘 그렇듯 제비뽑기를 했다. 제비뽑기는 일 년에 한 번, 새해에만 한다.

나무젓가락을 잘 흔들어 가는 막대기를 하나 뽑았다. 무녀에게 건네고 제비를 하나 받아 그것을 펼쳐 볼 때의 기분은 시험 점수를 볼 때 기분과 비슷하다.

펼친 제비에 쓰인 '흉' 글자. 앗…….

오랫동안 이 신사에서 제비뽑기를 했지만 새해에 '흉'을 뽑은 건 처음이다. 시험에서 낙제한 듯한 충격을 받으며 집으로 향했다. 매년 뽑은 제비를 (나중에 확인해보기 위해) 일기장 대신 사용하는 노트 첫 장에 붙여놓는데 올해 노트에는 꺼림칙하게도 '흉'을 붙이게 되었다. '운이 쉽게 찾아오지 않고 구설이 많다' '한눈팔지 말고 정직하게 일하라' 같은 글이 쓰여 있다.

'귀인'이라거나 '분실물' 등 항목별로 여러 가지 조언이 쓰여 있는데, 일단 한눈팔지 말고 성실하게 일하라는 것.

네네, 잘 알겠습니다. 올해도 열심히 하지요. 이렇게 새해는 시작되었다.

중년이 되어 수많은 첫 경험을 기록하기 시작하고 수개월 후 동일본대지진이라는 상상할 수도 없었던 첫 경험을 하게 되었습니다. 동일본 사람들이 처음으로 겪은 거대한 지진과 쓰나미, 그리고 원자력발전소 사고였지요.

태어나서 지금까지 계속 평화로운 세상에 살아왔고, 앞으로도 그런 세상이 계속되리라 믿었는데 대재해가 일어났습니다.

'이런 일이 생길 줄이야.'

망연자실하던 날들이 지금도 기억에 생생히 남아 있습니다.

삶에는 예상치 못한 많은 사건들이 일어난다는 걸 우리는 모두 알고 있지요. 하지만 알고 있어도 그 '예상치 못한 사건'이 일어나면 '설마' 하고 놀랍니다.

도쿄에서도 큰 흔들림을 느꼈습니다만, 지진이 멈추고 한참 후 '만약의 사태에 대비할 수는 있어도 각오할 수는 없다'는 사실을 통감했습니다. 오랫동안 '수도권에도 가까운 미래에 대지진이 일어날 가능성이 있다'고 들어왔습니다. 하지만 막상 흔들리니 '올 줄 알고 있었기 때문에 괜찮다'고 태연히 있을 수 없었습니다. 점점 강해지는 지진에 '마침내 왔어…… 죽을지도 몰라……!' 하며 허둥거릴 뿐이었지요.

'대비'했다고도 할 수 없겠지요. 여러 가지 물건들을 사 놓기는 했지만 때마침 사다 놓았던 것일 뿐, 가장 많이 사다 놓은 건 세탁 세제와 욕실 청소 세제였어요.

생각해보니 살면서 수없이 겪은 중대한 첫 경험에서 저는 늘 그런 태도였지요. '언젠가는 그런 일이 있을 거야' 각오하는 듯해도 막상 그 일이 터지면 얼마나 얄팍한 각오였는지 쉽게 날아가 버리고 맙니다. 물심양면으로 허둥지둥 대처하는 수밖에 없었습니다.

그렇게 '각오'라는 게 저한테는 단순한 말에 불과했다는 사실을 알게 되었습니다. 하지만 앞으로도 다양한 '첫 시련'이 인생에 닥쳐오겠지요. 처음으로 겪는 큰 병, 첫 독거노인 생활, 첫 병상, 첫 고독사 등. 그럴 때를 위해 '각오' 대신 적어도 '대비' 정도는 해두고 싶지만 지금까지 살아온 모습을 보면 다소 불안합니다.

하지만 한 가지 확실한 사실은 앞으로도 첫 경험을 할 때마다 그걸 기록해두고 싶어 할 거라는 점입니다. 그러나 첫 '죽음'에 대해서는 아무리 노력해도 쓸 수 없다는 점이 아쉽네요. 첫 죽음을 경험하는 순간, 저 세상과 통신해서라도 '첫 죽음'에 대해 이 세상의 여러분께 전하고 싶다며 분해서 이를 갈지도 몰라요.

그런 날이 올 때까지 저는 앞으로 얼마나 많은 '첫 경험'을 하게 될까요? 살짝 기대가 되기도 하고, 살짝 무섭기도 한, 어딘지 모르게 신입생 같은 마음이 듭니다.

2013년 봄

사카이 준코

책을 출간하고 그로부터 삼 년이 흘렀습니다. 그 후에도 저는 순조롭게 나이를 먹으며, 많은 첫 경험을 하고 있습니다.

최근에는 '첫 다초점 안경'을 맞췄습니다. 새 안경이 필요해서 이 책에도 등장하는 고등학생 때부터 다니던 단골 안경점을 방문했지요. 시력을 측정하니 "다초점 안경을 써보면 어떨까요?"라고 권합니다.

주위에 돋보기를 쓰는 사람은 많지만 마침내 저한테도 그런 순간이 다가오니 생각이 많아졌습니다. 다초점 안경이라고 하면 렌즈 아랫부분에 작은 사각형이 드러난 안경입니다. 아저씨들이 끼는, 누구나 금방 알 수 있는 '원근 공용' 안경이 떠오르겠지만, 최근에는 기술이 발달해 사각형 경계선이 없어져 겉으로 봐서는 표시가 나지 않습니다.

그때 저는 동창생과 함께 있었습니다.

"어떻게 하지?"

"나이가 더 들면 다초점 안경에 익숙해지지 못한대……."

"만들까?"

'하나둘' 둘이 함께 어른의 단계를 올라가기로 했습니다.

돌아오는 길, 세련된 시내를 걸으며

"우리도 드디어 다초점 안경을 쓰네."

"익숙하게 사용할 수 있으려나."

"오늘은 둘이서 다초점 안경 기념일……."

소소하게 떠드는 우리 두 사람. 친구와 함께 여학생 시절로 돌아간 기분이었습니다.

최근 핫한 화제는 갱년기에 관한 이것저것이지요. 몸이 조금이라도 이상하면

'혹시 갱년기 증상이 아닐까?'

동년배 친구한테 물어보거나 저보다 나이 든 사람한테 조언을 구합니다. 갱년기라는 큰 파도를 극복하자며 함께 손을 잡고 분발하는 느낌이라고나 할까요.

지금까지 살면서 엄마한테나 나이 든 여성분께 '갱년기 때문에 힘들었다'는 말을 별로 들어본 적이 없는데 제가 그 나이가 되니 선배들이 친절하게 정보를 공개해주네요. 갱년기 동호회란 나이

로 따져 자격이 있는 사람이 아니면 참가가 허용되지 않는, 비밀 결사 같은 것이었다는 걸 깨닫고 있습니다.

이처럼 때가 되면 물건을 바꿔가듯 신체의 변화가 찾아옵니다. 매번 깜짝 놀라지만 '새로운 변화를 받아들이는' 일에는 익숙해졌다고 생각합니다. 그리고 다초점 안경도, 갱년기도 나이를 더 먹으면 '그때는 그런 일로 놀랐었구나, 젊었었네'라고 그리워하며 회상하게 되겠지요.

아무튼 요즘 신경 쓰이는 것은 '나이를 먹는다'는 말이 함부로 쓰이지 않는다는 점입니다. 아무래도 '나이를 먹는다'는 말보다 '늙어간다'는 표현이 유한 표현이니까요. 딱히 큰 차이는 없지만 '나이를 먹는다'는 것 자체가 재앙처럼 간주되고 있어서 그런 건 아닐까요?

사람들은 나이 먹은 사람을 불쌍한 사람처럼 생각합니다. 좀 더 부드럽게 표현하려고 '늙어간다'는 말을 쓰지만 뭔가 가엾게 여겨지고 있는 듯한 기분이 듭니다.

하지만 나이를 '먹는다'는 말도 활기가 있어 좋다고 생각합니다. 적어도 저는 '늙어간다'는 듣기에 유한 표현을 사용하지 않고, 정확하게 나이를 '먹고' 싶다고 생각해요. '나이 먹는다'는 사실을 부끄러워하거나 숨기지 않아도 되는 세상이 오기를 기다리는 것이지요.

나이를 먹으면서 겪게 되는 수많은 첫 경험들이 계속 내 안에 쌓여 있는지, 혹은 쌓아 올렸다가 무너져 평지를 이루고 있는지는 알 수 없습니다. 다만 다초점 안경이나 갱년기처럼 첫 경험을 하나씩 겪어 나가는 동안 함께하는 친구와의 믿음이 더욱 깊어지는 것 같아 나이를 먹는 것도 나쁘지 않다고 생각하게 됩니다.

마지막으로 문고판 출판에 있어 슈에샤 문고 편집부의 가이조지 미카(海蔵寺美香) 씨께 많은 도움을 받았습니다. 독자 여러분께도 감사드립니다.

2016년 초여름

사카이 준코

지금 나는 화창한 중년입니다

펴낸날	초판 1쇄 2018년 4월 5일
	초판 2쇄 2018년 5월 18일

지은이	사카이 준코
옮긴이	이민영
펴낸이	심만수
펴낸곳	(주)살림출판사
출판등록	1989년 11월 1일 제9-210호

주소	경기도 파주시 광인사길 30
전화	031-955-1350 팩스 031-624-1356
홈페이지	http://www.sallimbooks.com
이메일	book@sallimbooks.com

ISBN	978-89-522-3918-1 03830

이 도서의 국립중앙도서관 출판시도서목록(CIP)은 서지정보유통지원시스템 홈페이지
(http://seoji.nl.go.kr)와 국가자료공동목록시스템(http://www.nl.go.kr/kolisnet)에서
이용하실 수 있습니다.(CIP제어번호: CIP2018008255)

기획 노만수 책임편집·교정교열 황민아